बुई

बूँद

विनीता अस्थाना

वाणी
प्रकाशन

प्रकाशन के उत्कृष्टतम 62 वर्ष

पेपरबैक पहला संस्करण : 2025

vaniprakashan.com

वाणी प्रकाशन

4695, 21-ए, दरियागंज, नयी दिल्ली-110 002

फ़ोन : + 91 11 23273167, 23275710

शाखाएँ

अशोक राजपथ, पटना-800 004, बिहार

कॉफ़ी हाउस कैम्पस, महात्मा गांधी मार्ग, प्रयागराज-211 001, उत्तर प्रदेश

महात्मा गांधी अन्तरराष्ट्रीय हिन्दी विश्वविद्यालय, वर्धा-442 001, महाराष्ट्र

sales@vaniprakashan.in
vaniprakashan@gmail.com

Bui
by Vineeta Asthana

ISBN : 978-93-6944-686-5

Novel

मूल्य : ₹ 299

सिटी प्रेस, दिल्ली-110 095 में मुद्रित

वाणी प्रकाशन का लोगो मक़बूल फ़िदा हुसैन की कूची से

अनुक्रम

बाबुल

तालियों की गड़गड़ाहट के बीच स्वाति की आँखें अमन को तलाश रही थीं। अमन उसे ही देख रहा था। उसकी आँखों में स्वाति की उपलब्धि के लिए गुरूर साफ़ झलक रहा था। उसके चेहरे के भाव स्वाति ना सिर्फ़ पढ़ सकती थी बल्कि महसूस भी कर सकती थी। आज उसके काम को राष्ट्रीय स्तर पर पहचान मिली थी। स्वाति के सीएसआर प्रोजेक्ट को बदलाव की नयी बयार के रूप में देखा जा रहा था। इसके लिए उसने दो साल जी-तोड़ मेहनत की थी। आज अच्छा मौक़ा था जब वह अमन को अपने परिवार से मिलवा सकती है। लेकिन अभी अमन कितना तैयार है, ये जानना ज़्यादा ज़रूरी है। वैसे तो स्वाति और अमन क़रीब डेढ़ साल से साथ काम कर रहे हैं लेकिन उनकी दोस्ती को प्यार में तब्दील हुए अभी पूरे छह महीने भी नहीं हुए थे। कभी उसे लगता कि वह अमन को जन्मों से जानती है, तो कभी लगता जैसे वह उसके बहुत से पहलुओं से अनजान है। स्वाति सोच ही रही थी कि भीड़ को चीरता अमन उसके क़रीब पहुँच गया। उसने गर्म जोशी से हाथ मिलाकर उसे बधाई दी। तब जबकि दोनों के मन में बहुत उत्साह था स्वाति को लगा कि वह उससे गले मिलकर अपनी ख़ुशी ज़ाहिर करेगा, अमन ने वक़्त और जगह के हिसाब से अपना व्यवहार संयत रखा। कभी अमन की यही परिपक्वता उसे रिझाती तो कभी भीड़ में उसका औपचारिक व्यवहार उसे विचलित कर देता। दोनों ऑफ़िस से अलग-अलग निकलते और फिर ऑफ़िस से कुछ दूर एक मोड़ पर स्वाति उसका इन्तज़ार करती, कभी चन्द मिनट तो कभी कुछ घण्टे भी। पार्टी के बाद भी दोनों अलग-अलग निकले और फिर मोड़ के आगे अमन ने उसे अपनी कार से पिक कर लिया।

अक्सर वह उलझन में रहती, 'कहीं मैं जल्दबाज़ी तो नहीं कर रही?' ये सोचकर उसने अमन से इस बारे में कोई बात नहीं की। लेकिन अमन ने पूछा, "तो आज की सफलता की पार्टी कब मिल रही है?"

"जब कहो" उसने हँसकर कहा।

"अभी?" अमन तो जैसे तैयार ही बैठा था।"

"ठीक है। कहाँ चलना है?"

"मेरे घर।"

"घर पर पार्टी?"

"क्यों? घर जाने के नाम से तुम डरती क्यों हो? तुम्हें मुझ पर भरोसा नहीं है?"

"अरे! इसमें भरोसे की बात कहाँ से आ गयी? तुम्हें तो पता है कितनी देर हो गयी है, घर पर सब इन्तज़ार कर रहे होंगे। तुम्हारे घर जाना-आना ही दो-ढाई घण्टे बढ़ा देगा। हम कहीं पर रास्ते में कुछ खाते-पीते पार्टी करते हुए भी तो जा सकते हैं।" स्वाति ने संयत भाषा में सफ़ाई दी।

"अरे! मज़ाक़ कर रहा हूँ यार। देखो कैसे चेहरा उतर गया तुम्हारा।" हँसते हुए उसने बात ख़ारिज कर दी और स्वाति को सीधे उसके घर पर उतारा। कोई पार्टी नहीं हुई।

कार से उतर चुकी स्वाति को ऐसे लगा जैसे कुछ कार में ही छूट गया। वह सोचती रह जाती कि ऐसा क्यों होता है कि सवाल करते या उसकी बात को न कहते ही अमन हर बात को मज़ाक़ कहकर टाल देता। ऐसा क्यों होता है कि जब वह उसके घर जाने से मना करती है तो वह बस जल्दबाज़ी में चला जाता है। आज भी वैसा दिन था। अमन ने कोई सेलिब्रेशन कोई पार्टी नहीं की। एक तरफ़ वह कहता है कि वह स्वाति के साथ वक़्त बिताने को तरस जाता है, लेकिन जब भी ऐसा कोई मौक़ा आता तो वह स्वाति को हमेशा अपने कमरे पर चलने को कहता। स्वाति कमरे पर जाने से झिझकती तो वह साथ वक़्त बिताने के बाक़ी हर तरीक़े को ख़ारिज करके, काम के नाम पर वहाँ से चला जाता। अमन कभी-कभी ऐसे मज़ाक़ करता कि वह हैरान रह जाती। उसके दिल और दिमाग़ के बीच एक कशमकश लगातार चलती। 'क्या ये मज़ाक़ था?' 'क्या वह मुझे परख रहा था।' उसे आज भी वो दिन खटकता है जब दोनों

ने ऑफ़िस से आधे दिन की छुट्टी लेकर मिलने का प्लान बनाया। स्वाति वक़्त से निकल गयी और अमन का इन्तज़ार करने लगी। अमन क़रीब ढाई घण्टे बाद पहुँचा। आते ही उसने स्वाति से माफ़ी माँगना शुरू किया।

"सॉरी यार! तुम तो निक को जानती हो, जैसे ही निकलने लगा उसने दो मिनट बोलकर रोक लिया और देखो कितना समय बर्बाद कर दिया।"

निक उसका बॉस था। स्वाति निक की हरकतें जानती थी। "वह है ही ऐसा। कहने को आधे दिन की छुट्टी भी गयी और दरअसल काम भी करवा लिया उसने। सेडिस्ट कहीं का।"

"सच यार।"

"तुम्हारे चक्कर में मैंने खाना भी नहीं खाया।" स्वाति ने बच्चों की तरह मुँह फुला के बोला।

"अच्छा, टिफ़िन नहीं लायी थीं क्या?"

"लायी थी।"

"अच्छा, दिखाओ।"

"क्या दिखाओ?"

"अरे नहीं खाया है तो टिफ़िन दिखाओ ना।" उसने शक्की अन्दाज़ में मुस्कुराते हुए कहा। स्वाति ने चलती गाड़ी में टिफ़िन खोलकर सामने कर दिया तो उसने आश्चर्य से कहा, "तुमने तो वाकई नहीं खाया यार।" अब स्वाति का मुँह उतर गया। अमन थोड़ा सँभालता हुआ बोला, "घर का खाना कितना अच्छा लग रहा है, मुझे भी यह खाना है।"

स्वाति ने डिब्बा बन्द कर दिया। "नहीं, ये ठण्डा हो गया।" उस दिन भी स्वाति को कुछ अखरा था। 'तुमने तो वाकई नहीं खाया यार' से उसका क्या मतलब था? क्या उसे विश्वास नहीं कि अगर मैं कह रही हूँ तो मैंने खाना नहीं खाया है! वह सब कुछ चेक क्यों करता रहता है?

आज भी स्वाति इसी उधेड़बुन में थी। मज़ाक़ के नाम पर होने वाली छींटाकशी हो, घर और होटल जाने के नाम पर फ़िजिकल इन्टिमेसी के सुझाव हों या उसकी निष्ठा पर होने वाले सवाल हों, उसे ये फनी नहीं लगता था। लेकिन फिर उसका मन कहता कि अमन बहुत अच्छा लड़का है और उससे बहुत प्यार करता है। वह हमेशा ही उसके अच्छे-बुरे में उसके साथ खड़ा रहता।

उसके पापा जब बीमार हुए थे तब भी अमन ने बहुत भाग-दौड़ की थी। ज़्यादा सोचती तो उसे अपनी ही सोच में खोट दिखती। वह अपने सिर को ऐसे झटकती जैसे ख़याल नहीं मक्खी भगा रही हो। तेज़ क़दमों से चलती स्वाति अब घर पहुँच गयी थी।

स्वाति के परिवार में उसके माता-पिता के अलावा चौदह साल का एक भाई भी था, सार्थक। दोनों की उम्र में साढ़े बारह साल का अन्तर था। अपने भाई के लिए स्वाति बड़ी बहन कम मम्मी ज़्यादा थी। वह सार्थक पर जान छिड़कती थी। उसके जीवन का पहला बच्चा जिसे उसने अपने सामने बढ़ता देखा था। उसकी हर छोटी-बड़ी ज़रूरत हो या ज़िद, सब स्वाति पूरी करती। सार्थक का अमन को पसन्द करना, उसके लिए अपने माता-पिता की मंज़ूरी से भी बढ़कर था।

शर्मा जी की बिटिया स्वाति उनकी बेटी कम, उनके बड़े बेटे के नाम से ज़्यादा जानी जाती। शर्मा जी छाती चौड़ी करके उसे लाडो बुलाते और उसे बेटा कहने वाले हर इन्सान को झिड़कते। शर्मा जी कहते थे कि मण्टो ने कहा था, बेटी का पहला हक़ जो हम खा जाते हैं, वह उसके पैदा होने की ख़ुशी है, और उससे भी बढ़कर हम बेटी को बेटी नहीं रहने देते, जब हम उसे 'बेटे जैसी है' 'हमारा बेटा तो यही है' बोल-बोलकर उसके बेटी होने का महत्त्व, उसके स्त्री अस्तित्व को ही छीन लेते हैं। जब उनकी पहली औलाद, उनकी बिटिया पैदा हुई तो पूरे खानदान ने जैसे मातम मनाया था। लोग बधाई नहीं दे रहे थे, दिलासा दे रहे थे। लेकिन उन्हें जितनी ख़ुशी स्वाति के जन्म पर हुई थी उतनी ख़ुशी जीवन में दोबारा कभी नहीं हुई, बेटे के जन्म पर भी नहीं। उन्होंने अपने परिवार, ख़ास कर अपनी मम्मी से झगड़कर बिटिया के जन्म पर ढोलक बजवाई। पहली बार उनके ख़ानदान में किसी बिटिया के जन्म पर छट्ठी पूजी गयी और दावत भी हुई।

शर्मा जी सीनियर आईएएस ऑफ़िसर थे। उन्होंने अपने कार्यकाल में अपने गाँव और समाज के उत्थान के लिए बहुत काम किया था। लड़कियों का स्कूल खुलवाना हो या उनकी पढ़ाई के लिए छात्रवृत्ति देनी हो, उन्होंने सब काम सरकारी विधान से पूरे किये। उनकी समाज के प्रति कर्तव्यनिष्ठा और सेवा ने हमेशा ही स्वाति को प्रेरित किया। उसने अपने जीवन का ध्येय ही समाज सेवा को बनाया था। उसने अपनी पढ़ाई टाटा इंस्टिट्यूट ऑफ़ सोशल साइंस से पूरी करके समाज सेवा की अपनी यात्रा शुरू की। उसकी मम्मी अक्सर कहती कि उसे अपने तेज़ दिमाग़ का इस्तेमाल पिता की तरह इस प्रशासनिक अधिकारी बनके करना चाहिए। स्वाति को अपने पिता पर बहुत गर्व था लेकिन उसे हमेशा लगता कि उनकी नौकरी उनका बहुत समय खाती है और बहुत स्ट्रेस भी देती है। बिटिया की बात शर्मा जी को भी सही लगती। उनके रिटायरमेंट में तक़रीबन बारह साल बाक़ी थे जब उन्होंने स्वैच्छिक सेवानिवृत्ति ले ली। अब उन्हें अपने मन मुताबिक़ काम करने के लिए ज़्यादा वक़्त मिलता। रिटायरमेंट के बाद उन्हें दो काम पूरे करने थे, एक था घर बनाने का और दूसरा परिवार के साथ दुनिया घूमने का। घर की नींव रखकर वह पूरे मनोयोग से बिटिया स्वाति के साथ उसके प्रोजेक्ट्स पर स्वेच्छा से काम करते।

शर्मा जी को नौकरी छोड़े तीन साल हो गये थे। आज उनकी बिटिया को राष्ट्रीय स्तर पर प्रसिद्धि मिली थी। शर्मा जी फूले नहीं समा रहे थे। स्वाति का बेसब्री से इन्तज़ार करते हुए वह श्रीमती जी के साथ किचन में हाथ बँटाते जाते। उनके सपनों का घर बन चुका था, अब वह अपनी बिटिया के साथ हर उस गाँव और क़स्बे को घूम चुके थे जहाँ पर वह काम के लिए जाती। ऐसे तो उनकी नौकरी में उन्होंने बहुत-सी यात्राएँ कीं जिनमें देश-विदेश की कई आधिकारिक एवं व्यक्तिगत यात्राएँ शामिल हैं। लेकिन स्वाति के साथ उसके काम से सम्बन्धित यात्राएँ उन्हें सन्तोष देतीं। उसके साथ वह ग्रामीण भारत को अलग नज़र से देख रहे थे। कई बार तो दूर-दराज़ के गाँवों और क़स्बों में दोनों पिता-पुत्री हफ़्तों रहते और काम करते। उनका अगला प्लान स्वाति के साथ में अफ्रीका की यात्रा था जहाँ स्वाति काम से कुछ महीनों के लिए रहने वाली थी। शर्मा जी के चेहरे पर मुस्कान देखकर पत्नी ने अपनी चिन्ता ज़ाहिर की।

"बड़ा मन्द-मन्द मुस्का रहे हैं, स्वाति के लिए कोई लड़का पसन्द आ गया क्या?"

"आपकी सूई उसकी शादी की बात से आगे बढ़ती है कभी?" शर्मा जी ने उलाहना दिया।

"क्यों नहीं, बिल्कुल बढ़ेगी। पहले शादी होने तो दीजिए।" श्रीमती जी ने भी हँस के जवाब दिया।

"जब चाहेगी तब होगी उसकी शादी।"

"आप ऐसा बोल-बोल कर उसकी हिम्मत बढ़ाते रहते हैं। कहती है शादी नहीं करेगी।"

"तो न करे। उसकी ज़िन्दगी का फ़ैसला लेने का हक़ है उसे।"

"हाँ हाँ। ऐसा कहीं होता है" उनकी बात पूरी नहीं हुई थी कि दरवाज़े की घण्टी बजी। स्वाति आ गयी थी। उसके घर में घुसते ही ब्याह की बात वहीं बन्द हो गयी और उसके सम्मान समारोह की चर्चा दोबारा शुरू हो गयी। उसकी मम्मी और भाई को सब जानना था। पिता को बस उसके प्रदीप्त चेहरे की आभा से सन्तोष था। घर आते ही स्वाति ने अमन के साथ हुई आज की घटना भी बिसरा दी। घर एक सुकून देने वाली जगह है और यहाँ का पता ईश्वर ने सिर्फ़ ख़ुशियों को दे रखा था।

"शर्मा जी, हम आपकी बेटी को अपने स्कूल में मौक़ा दे रहे हैं। आपको देखना होगा कि उसकी रैंक हमेशा सही बनी रहे।" सीमा मैडम ने नोएडा में उसके स्कूल दाख़िले के समय कहा था।

"मैडम, मेरी बेटी इस स्कूल में नहीं पढ़ेगी।" शर्मा जी नमस्ते की मुद्रा में हाथ जोड़कर उठ गये।

"अरे! क्या हो गया सर? आपने कितने महीने पहले यहाँ अर्ज़ी दी थी। अब इस वक़्त पर मना कैसे कर सकते हैं?" सीमा मैडम सकपका गयीं।

"मैडम, बिल्कुल एप्लीकेशन मैंने दी, लेकिन स्वाति की एप्लीकेशन को शॉर्टलिस्ट आपने किया, और इसलिए किया क्योंकि वह अपने स्कूल की टॉपर है। उसने आपका एंट्रेंस एग्जाम भी बेहतरीन नम्बरों से पास किया है। फिर आप किस तरह से उसकी उपलब्धियों को दरकिनार करते हुए, मौक़ा देने का एहसान जता रही हैं? जो बच्चा अपने लिए मौक़े बना सकता है, जीत सकता है उसे आप कौन सा मौक़ा दे रही हैं? कोई एहसान है क्या? मेरी बेटी ऐसे स्कूल में नहीं पढ़ेगी जो उसकी उपलब्धियों के ऊपर एहसान का बोझ लादने की कोशिश करे।" शर्मा जी ने सीमा मैडम की कोई बात नहीं सुनी और स्वाति का हाथ पकड़ के स्कूल से बाहर निकल आये। स्वाति का एडमिशन छठी क्लास में होना था। उसे समझ नहीं आया तो उसने पूछा।

"क्या हुआ पापा? उन्होंने कोई ग़लत बात कही क्या?"

"हाँ बेटा। जो भी आपको चुनने के लिए आप पर एहसान जताये उससे हमेशा दूर रहना।"

बिस्तर पर करवट बदलती स्वाति को इतनी पुरानी बात आज क्यों याद हो आयी? वैसे तो पापा ने हमेशा उसे यही सिखाया है कि शब्दों से ज़्यादा भावनाओं की क़द्र करे; लेकिन कौन उससे कैसा व्यवहार करता है, किन शब्दों का इस्तेमाल करता है इस बात को भी अनदेखा न करे। मज़ाक़ करने और मज़ाक़ उड़ाने के फ़र्क़ को वह समझती है। इस बात के आज याद आने का क्या सबब हो सकता है? वह समझती है कि प्यार के नाम पर अमन यही कर रहा है शायद। क्या ये एक रिमाइंडर है? इतने ख़ुशनुमा दिन के बाद उसे इस तरह ख़याल क्यों आ रहे हैं। ऐसे में अनमनी उनींदी सी स्वाति बिस्तर पर उठकर बैठ गयी और अपना फ़ोन देखकर ख़ुद को बहलाने लगी।

"स्वाति!! उठ जा लड़की!" मम्मी की आवाज़ उसे कानों में दूर से आती हुई सुनाई दे रही थी। वह कुनमुनाती हुई आँखें खोलती है तो सूरज खिड़की तक साफ़ चढ़ आया है। हड़बड़ा के उठी स्वाति को याद भी नहीं कब उसकी आँख लगी और कब सुबह से दोपहर हो गयी। वो भाग के ग़ुसलख़ाने में घुस गयी।

"जल्दी से खा लो !" मम्मी गरमा-गरम पराँठे बना रही थी। मम्मी को पता था अब वो तैयार होकर निकलेगी और बिना खाये भागेगी। शर्मा जी ने पराँठे के रोल तैयार रखे थे।

"देर हो रही है माँ।" कहती हुई वह हाथ में पराँठे का रोल उठाकर भागती हुई घर से निकली।

"कभी भी सुकून से नहीं खा पाती है। ये प्राइवेट नौकरी इसीलिए बुरी लगती है।" स्वाति की मम्मी ने शिकायत करते हुए शर्मा जी को देखा। "सिविल का एग्जाम देती तो ऐसा नहीं होता। अभी भी वक़्त है।"

शर्मा जी ने अख़बार से अपना मुँह ढँक लिया। ये वैसे भी उन दोनों का रोज़ का मुद्दा था। सरकारी नौकरी और प्राइवेट नौकरी के फ़ायदे-नुक़सान पर घमासान। शर्मा जी जानते थे अगर स्वाति चाहे तो बहुत काबिल अफ़सर बन सकती है। उसमें दुनिया को बेहतर बनाने की चाह भी है और जज़्बा भी। लेकिन उसका सेवा भाव और कोमल स्वभाव ही उसके रास्ते की अड़चन भी था। ऑफ़िस की पॉलिटिक्स उसे दुखी करती, उसका दिल तोड़ती, ऐसे में सरकारी सिस्टम के साथ उठापटक और जी-हज़ूरी उसके बस की बात नहीं थी। वे समझते थे, इसलिए कभी भी उस पर सरकारी नौकरी के लिए एग्जाम देने का दबाव नहीं बनाते थे। जबकि मम्मी को उसका शायद इतनी मेहनत करना और दिन-रात भागते रहना खटकता था। आख़िर मम्मी का दिल है, उन्हें बेटी के हाथ समय रहते पीले करने की फ़िक्र थी। उन्हें फ़िक्र थी अपने नन्हे कुलदीपक के भविष्य की, जो उनको बहुत देर से मिला था। वह जानती थीं कि जीवन संध्या में उन्हें पुत्र रत्न की प्राप्ति हुई थी और उसके भविष्य के लिए उसके पिता का अपनी नौकरी पर रहना ज़रूरी था। एक वरिष्ठ आईएएस के पुत्र के लिए जीवन शायद थोड़ा सरल होता। ऐसा सरकारी और सामाजिक रुतबा और किसी काम में नहीं था। इसीलिए उन्हें शर्मा जी का अपनी नौकरी

से स्वैच्छिक सेवानिवृत्ति लेना कतई नागवार गुज़रा था। भले उस समय उन्हें ठीक-ठाक पैसे मिल गये, लेकिन उसका ज़्यादा हिस्सा तो घर बनाने में ही ख़र्च हो चुका था। अब बेटी की शादी और बेटे की पढ़ाई की चिन्ता में दिन-रात घुलती रहती थीं। उन्हें ये भी डर था कि शर्मा जी का हर क़दम पर स्वाति के साथ होना भी उसके आत्मिक विकास के लिए बुरा साबित होगा जबकि बेटे को उन्होंने पूरी तरह से उनके भरोसे छोड़ रखा था। दोनों अक्सर झगड़ते कि स्वाति पढ़ने और कमाने भर से स्वाबलम्बी और स्वतन्त्र नहीं होगी, उसे अपनी लड़ाइयों के लिए ख़ुद मेहनत करनी होगी। एक उम्र साथ में बिता लेने के बाद पति-पत्नी के बीच नोक-झोंक भाई-बहन जितनी बढ़ जाती है।

उस दिन स्वाति ऑफ़िस पहुँची तो मीटिंग शुरू हो चुकी थी। उसने धीरे-से बोर्ड रूम में झाँका और बिना आवाज़ के चुपचाप अन्दर आकर बैठ गयी। बॉस ने घूरा तो उसने मासूम सा चेहरा बनाकर मूक माफ़ीनामा दे दिया। बॉस ने मुस्कुरा के माफ़ी दे देने का संकेत दिया। आख़िर वह उनकी टीम के सबसे क़ाबिल लोगों में से एक है। वह बेसब्री से मीटिंग ख़त्म होने का इन्तज़ार कर रही थी ताकि अमन से मिल सके। वह उसकी टीम में नहीं है और इसीलिए इस मीटिंग का हिस्सा भी नहीं था। मीटिंग के बाद वह अमन के पास गयी तो वह काम में व्यस्त था, उसने देखा लेकिन काम में तल्लीन रहा। कुछ देर इन्तज़ार करने के बाद स्वाति वहाँ से वापस अपनी डेस्क पर आ गयी। उसे लग रहा था कि शायद अमन कल उसके घर न जाने से रूठ गया है। उसे मनाने के लिए इस बार वो उसके साथ घर जाने की पेशकश करने वाली थी। लेकिन अमन ने तो उसकी तरफ़ ठीक से देखा भी नहीं। शायद सार्थक के अलावा अमन ही है जिसके नाराज़ होने से उसे बहुत ज़्यादा फ़र्क़ पड़ने लगा था। उसने रात भर ख़ुद को हर नैतिक बोझ और विचार से आज़ाद किया था। उसने ठान लिया था कि जब किसी से इस क़दर प्यार हो ही गया है तो उसे व्यर्थ उलझनों में नहीं पड़ना चाहिए। प्यार समर्पण माँगता है और अब वह अमन के लिए समर्पित होना चाहती थी। मन में उठते सवाल उसे डराते रहते हैं कि कहीं उसकी इतने सोच-विचार की आदत उससे प्यार को दूर न कर दे।

काम में उलझी स्वाति को ख़बर ही नहीं हुई कि कब शाम हो गयी। 'शिट! अमन से मिलना था', दिन भर के काम पूरे करते, बधाइयाँ स्वीकार करते हुए उसके दिमाग़ से उतर ही गया। वो उठकर तेज़ी से अमन की डेस्क की तरफ़ गयी। वो निकल चुका था। उसके दिमाग़ ने फिर से दस्तक दी, 'कैसा प्यार है जो मेरे दिमाग़ से उतर गया।' उसने सर झटक के अपने समर्पित रहने को चुना। दिमाग़ ने फिर से कहा , 'सँभल जाओ, ये समर्पण नहीं तुम्हारा डर है। क्यों तुम्हें अमन का व्यवहार नहीं दिख रहा? तुम्हें उससे प्यार नहीं है और उसे तो बिल्कुल भी नहीं!' स्वाति ने अपने दोनों हाथ अपने कानों पर रख लिए। 'मुझे हर नकारात्मक विचार से दूर रहना है।' वो ऑफ़िस से निकली ही थी कि बाहर अमन दिखा। आज वो ऑफ़िस के ठीक बाहर अपनी गाड़ी में

उसका इन्तज़ार कर रहा था। स्वाति के चेहरे पर एक लम्बी मुस्कान खिल आयी।

पहली बार वो ऑफ़िस के ठीक बाहर से अमन की गाड़ी में बैठी थी। कितने लोगों ने देखा होगा। आज अमन को इस बात का डर नहीं सता रहा, ये सोचकर ही उसका मन पुलकित हो उठा। प्यार के अन्धे को वैसे भी सब भला-भला दिखता है। उसने अमन से पूछा, "तो!"

"तो?" अमन ने मुस्कुरा के जवाब दिया।

"घर चलें?" स्वाति ने शरमाते हुए पूछा।

"अभी?" अमन को विश्वास नहीं हो रहा था कि स्वाति कभी ख़ुद घर जाने की पेशकश करेगी।

उस दिन के बाद से अमन स्वाति से ऑफ़िस में भी खुलेआम बात करता। हालाँकि अब भी ऑफ़िस में दोनों का व्यवहार दोस्ताना ही था लेकिन अब वो पहले की तरह औपचारिक नहीं था। अमन कभी-कभी चुपचाप उसकी डेस्क पर चॉकलेट्स भी रख जाता। हफ़्ते-दस दिन में दोनों ऑफ़िस से एक साथ भी गाड़ी में निकलते। अमन को स्वाति का साथ पसन्द था। ऑफ़िस में स्वाति कभी हँसते हुए अगर उसे थाप दे दे या अनजाने में उससे टकरा जाये तो वह सहम जाता। उसे लगता था लड़के-लड़की के बीच ऑफ़िस में एक दूरी ज़रूरी है। जबकि कार में और घर पर वो स्वाति को ख़ुद से एक इंच दूर नहीं होने देता। स्वाति को उसका दोहरा रवैया खलता लेकिन अमन अपने प्यार और परवाह से उसकी हर शिकायत दूर कर देता। ये शायद उसकी परवरिश थी जो उसे सहज प्रेम भी चार लोगों के सामने तमाशा लगता। अब जब स्वाति उसकी सोच को समझने लगी थी तो उसे उसके व्यवहार की ये छोटी-छोटी बातें पहले जैसे चुभती नहीं थीं। स्वाति जब भी उसके कमरे पर जाती पहली चीज़ थी उसे बटोरना और ठीक से सफ़ाई करना। अब अमन के कमरे पर उसके हफ़्ते में दो-तीन चक्कर लग ही जाते थे। उसे हमेशा आश्चर्य होता कि पता नहीं उसकी हाउस हेल्प कैसे काम करती थी। वो अमन से शिकायत करती तो वो कहता, "यार तुम ही समझा देना उसे। मुझसे तो ये हैंडल ही नहीं होती।"

अमन से मिलने उसके माता-पिता आने वाले हैं। अगले कुछ-कुछ हफ़्ते उनका इस तरह कमरे पर आना-जाना नहीं हो पायेगा। अमन के परिवार के आने के लिए स्वाति ने पूरा घर चमका दिया था। किचन से लेकर ग़ुसलख़ाने तक सब सामान करीने से लगा के वो फ़ारिग हो गयी।

"सुनो न।"

"बोलो ना।"

"आज घर चलोगे?"

"वो तो हमेशा ही चलता हूँ।" अमन ने उसे बाँहों में भरकर लाड़ से जवाब दिया।

"छोड़ने नहीं। घर के अन्दर, सबसे मिलने।"

"आज?"

"हाँ, मम्मी-पापा को तुमसे मिलाना है।"

"यार, अभी? कल तो मेरे घर वाले आ रहे हैं।"

"अच्छा ठीक है, पहले तुम्हारे परिवार से भी मिल सकते हैं। अब हमें अपने रिश्ते पर परिवार की मंज़ूरी ले लेनी चाहिए।"

"इतनी भी क्या जल्दी है" अमन ने अचकचाकर कहा।

"जल्दी कहाँ है? हम लगभग तीन साल से साथ हैं।" स्वाति ने उसे याद दिलाया।

"मानता हूँ कि हम तीन साल से साथ हैं और उसके भी कुछ साल पहले से दोस्त हैं, कलीग हैं। लेकिन क्या हम दोनों अपने रिश्ते को कोई नाम देने के लिए तैयार हैं?" अमन ने सवाल किया।

"मतलब हम इतने दिनों क्या टाइम पास कर रहे हैं? तुम्हारे लिए इतनी इंटिमेसी कैसुअल होगी, मेरे लिए नहीं है।" वो समझ नहीं पा रही थी कि अमन उससे प्यार करता भी है या नहीं।

"स्वाति यार, तुम ग़लत समझ रही हो। आई लव यू। लेकिन मैं अभी शादी नहीं करना चाहता। मेरे बहुत से सपने अभी अधूरे हैं। मुझे कितना कुछ हासिल करना है।"

"अमन, काम डाउन यार। मैं शादी करने को नहीं कह रही। मैं अपने रिश्ते को ऑफ़िशियल करने को बोल रही हूँ। शादी जब होनी होगी, होती रहेगी। कम-से-कम परिवार को बताना तो बनता है।"

"यार, तुम समझ नहीं रही हो। एक बार घर पर पता चल गया तो फिर सब शादी के पीछे पड़ जायेंगे।"

"ठीक है, तुम अपने घर पर अभी मत बताओ, जब तुम्हें सही लगे तब बताना। आज मेरे घर वालों से मिल लो। वो कभी शादी के पीछे नहीं पड़ेंगे।"

स्वाति ने उसकी समस्या का समाधान दिया। अमन को समझ नहीं आ रहा था कि वो क्या कहे। उसने फीकी सी हँसी के साथ सर 'हाँ' में हिला दिया।

स्वाति के पाँव जैसे ज़मीन पर नहीं पड़ रहे थे। वो चल नहीं रही थी बस उड़ी जा रही थी। अमन आज उसके परिवार से मिलेगा। सबका क्या रिएक्शन होगा ये सोचते ही उसे पेट में गुदगुदी हो रही थी। उसका उत्साह, उसका डर, उसका संकोच सब मिलकर उसकी खनखनाती हुई आवाज़ और

हँसी में छलके जा रहे थे। वो नर्वस होती तो ज़्यादा हँसती थी और बहुत बोलती थी। उसके उलट अमन ख़ामोश था। वो स्वाति को पसन्द करता था। लेकिन उसके साथ ज़िन्दगी बिताने के बारे में उसने सोचा नहीं था। उसके परिवार में प्रेम विवाह या प्रेम सम्बन्धों के लिए स्वीकृति और सम्मान नहीं था। जीवन के इस पड़ाव पर वह बस स्वाति के साथ कुछ अच्छा वक़्त बिताना चाहता था, कुछ अच्छी यादें बनाना चाहता था, बस। शादी को लेकर उसके मन में कोई विचार नहीं था। जबकि स्वाति ने शायद उसे अपना जीवनसाथी मान लिया था। दोनों उसके घर पहुँचे ही थे कि घर के बाहर का जमावड़ा देखकर वो घबड़ा गये। स्वाति तेज़ क़दमों से अन्दर भागी जबकि अमन हक्का-बक्का सा गाड़ी के पास वहीं खड़ा रहा।

मम्मी आँगन में बैठी रो रही थीं। सार्थक सहमा हुआ सा उनसे चिपका था। आस-पड़ोस की औरतों ने उन्हें घेर रखा था। पड़ोस के आदमी आपस में बात कर रहे थे। स्वाति अन्दर घुसी तो सबकी नज़रें उस पर टिक गयीं। सार्थक दौड़ के उससे चिपक गया।

"क्या हुआ ? तुम रो क्यों रहे हो?" स्वाति ने उससे पूछा लेकिन उसके जवाब का इन्तज़ार किये बिना अपनी मम्मी की तरफ़ मुड़ी, "मम्मी, क्या बात है? और पापा कहाँ हैं?"

उसकी मम्मी और ज़ोर से दहाड़ें मारकर रोने लगी। किसी अनहोनी की आशंका से उसका दिल एक पल को जैसे रुक गया। पड़ोस के एक अंकल ने बताया, "बिटिया, शर्मा जी को अट्टा के पास एक तेज़ रफ़्तार गाड़ी ने टक्कर मार दी। यहाँ किसी को पता ही नहीं चला। शायद दोपहर की बात है। काफ़ी देर बेचारे वहीं पड़े रहे, किसी ने मदद नहीं की। भला हो जो किसी ने पुलिस को फ़ोन कर दिया और उन्होंने शर्मा जी को पास के अस्पताल में भर्ती करवाया। लेकिन तब तक उनकी पहचान नहीं हो पायी थी। उनका फ़ोन और पर्स भी कोई घटना-स्थल से चुरा ले गया। बस, अभी-अभी ख़बर मिली कि शर्मा जी वहाँ एडमिट हैं। पुलिस चौकी से फ़ोन आया था। इसी से भाभी ज़रा घबरा गयी हैं।"

"कौन से अस्पताल में बताया?" उसने भर्राये गले से पूरा ज़ोर लगा के बोला लेकिन गले से हलकी सी आवाज़ ही निकली।

"मेरीगोल्ड में, अट्टा वाले!"

"यहाँ से कोई गया है?" उसने ख़ुद को सँभालते हुए पूछा।

"शुक्ला जी का बेटा हर्ष गया है।"

"नम्बर भेजिए उसका" स्वाति उलटे पैर बाहर भागी। अमन वहीं था, "गाड़ी स्टार्ट करो, मेरीगोल्ड जाना है।" उसने अपनी भरी हुई आँखों के आँसू पोंछते हुए कहा।

"क्या हुआ? सब ठीक?"

"नहीं, शायद पापा का एक्सीडेंट हुआ है।" उसने शान्त आवाज़ में बताया।

अमन ने आगे कुछ नहीं पूछा। दोनों तेज़ी से अस्पताल के इमरजेंसी वार्ड में पहुँचे। लेकिन उन्हें शर्मा जी कहीं नहीं दिखे। स्वाति का दिल धड़धड़ा रहा था। उसकी ज़िन्दगी की धुरी उसके पापा थे। 'हो सकता है कोई ग़लतफ़हमी हो। आख़िर इमरजेंसी वार्ड में पापा थे भी नहीं। लेकिन फिर पापा गये कहाँ? दिन के निकले हैं किसी ने अब तक उनके घर ना लौटने पर मुझे फ़ोन क्यों नहीं किया?' उसका मन सवालों से भरा जा रहा था। वो निढाल होकर ज़मीन पर बैठ गयी।

"स्वाति! सँभालो अपने आपको?" अमन उसे सँभालने की कोशिश कर ही रहा था कि स्वाति ने हर्ष को फ़ोन मिलाया।

"हेलो! हर्ष?"

"स्वाति?"

"पापा मिले? कहाँ हैं?"

"तुम कहाँ हो?"

"इमरजेंसी वार्ड में"

"रिसेप्शन पर आओ। साथ में कोई है?"

"हाँ।"

"ठीक। आओ।"

स्वाति भागती हुई रिसेप्शन पर पहुँची। हर्ष हाथ में रसीद लिए लाइन से निकल रहा था। शायद शर्मा जी के इलाज के पैसे जमा किये होंगे, स्वाति की जान में जान आ गयी। अमन उसके पीछे-पीछे वहाँ पहुँचा।

"हर्ष, पापा कहाँ हैं?" स्वाति ने बढ़कर उसका हाथ थाम लिया।

हर्ष ने बेबस नज़रों से स्वाति की छलकती आँखों में देखा। उसका जी मुँह में आ गया, शब्द जैसे ज़ुबान पर जम गये थे। उसने पीछे खड़े अमन को देखा और ख़ुद को सँभालता हुआ बोला। "मेरे साथ आओ।"

अमन और स्वाति उसके पीछे-पीछे चल पड़े। वो बाहर के रास्ते से दो-तीन ब्लॉक पार करता हुआ एक कॉरिडोर में घुस गया। वहाँ खड़े सिक्योरिटी गार्ड को उसने रसीद दिखायी तो उसने आगे जाने का क्लीयरेंस दे दिया। स्वाति की नाक में अजीब सी बू भर गयी थी। अमन ने भी रूमाल से अपनी नाक ढक ली। बड़े-बड़े शब्दों में 'मर्चरी' लिखा देखकर स्वाति की आँखों के आगे अँधेरा छा गया। उसके कानों में तेज़ सीटी की आवाज़ गूँज रही थी, वो लड़खड़ा गयी। अमन उसे पकड़ पाता इससे पहले हर्ष ने उसे थाम लिया और वो निढाल-सी झूल गयी। उसने अमन की मदद से स्वाति को एक बेंच पर लिटा दिया।

प्राइवेट अस्पताल वाले पूरा पैसा जमा कराये बिना ये भी नहीं बताते कि मरीज़ की साँसें चल रही हैं या बन्द हो गयी हैं। पैसा जमा करने के बाद ही हर्ष को रिसेप्शन पर शर्मा जी के लिए 'बॉडी' शब्द सुनकर उनके निधन की बात पता चली। वो स्वाति को बता भी नहीं पाया।

अमन ने अब तक हिम्मत दिखाई थी। वो स्वाति के साथ यहाँ तक आया था। रात के दस बज चुके थे। उसके घर से आयी कई कॉल मिस हो चुकी थीं। मर्चरी के कॉरिडोर में आती महक से उसके नथुने भर गये। वहाँ की हवा से उसके शरीर में झुरझुरी-सी दौड़ रही थी। एक तरफ़ बेसुध प्रेमिका और एक तरफ़ सन्नाटे में अचानक कुछ चीखती-बिलखती आवाज़ें। उसे लग रहा था कि थोड़ी देर यहाँ और रहा तो उसकी अपनी धड़कनें रुक जायेंगी। उसकी हिम्मत जवाब दे गयी। उसने कातर आँखों से हर्ष की तरफ़ देखा। हर्ष उसकी स्थिति समझ गया और उसे आँखों ही आँखों में आश्वस्त करके जाने की मंज़ूरी दे दी। वो तेज़ क़दमों से बाहर की तरफ़ निकल गया।

हर्ष ने अपने पिता को कॉल करके शर्मा जी के देहान्त की ख़बर दी और कुछ लोगों के साथ अस्पताल पहुँचने को कहा। स्वाति अब भी होश में नहीं थी। हर्ष ने उसके चेहरे पर पानी की छींटे दिये। स्वाति ने आँखें खोलीं, उसे

सब धुँधला सा दिख रहा था। हर्ष ने उसे सहारा देके बैठा दिया, वो पापा-पापा की रट लगाये थी। हर्ष उसे ढाढस बँधाना चाहता था, वो जानता था कि अभी ही स्वाति का इतना बुरा हाल है तो शर्मा जी की निष्प्राण देह देखकर उसका क्या होगा। स्वाति को सँभाल पाना उस वक़्त आसान नहीं होगा इसीलिए उसने घर पर ख़बर करके कुछ लोगों को आने के लिए कहा था। सारी फॉर्मलिटीज वो पूरी कर चुका था लेकिन मर्चरी से एम्बुलेंस तक बॉडी के पहुँचने के लिए अभी कुछ घण्टे और लग सकते थे। अब शर्मा जी को लेकर घर जाना था। स्वाति के लिए एक-एक क़दम बढ़ाना मुश्किल था, उस पर वो लगातार बेसुध-सी बड़बड़ा रही थी, 'पापा, नहीं पापा। प्लीज़ पापा।'

"स्वाति, सुनो ना। तुम तो बहादुर हो ना? तुम ऐसे करोगी तो आंटी को और सार्थक को कौन सँभालेगा?" उसने स्वाति के सर पर हाथ रखकर भरे गले से स्वाति को समझाया। शायद हर्ष की जगह इस वक़्त वहाँ अमन होता तो वो उसके गले लगकर अपना दु:ख बाँट पाती। वो नहीं था तो स्वाति दोनों हथेलियों से अपना मुँह छिपाकर ज़ोर-ज़ोर से रोने लगी। हर्ष ने उसे कन्धे से पकड़कर वापस बेंच पर बैठा दिया। उसकी सिसकियाँ अब बेबस पुकार में बदल चुकी थीं।

"पापा, नहीं करो ना ऐसा। यार मैं कैसे जिऊँगी? मुझे नहीं पता? आप आ जाओ यार। पापा प्लीज़! आ जाओ ना।" शर्मा जी की बेटी को उसने कभी ऐसे बेबस रोते नहीं देखा था। वो तो ख़ुद लाचार लोगों की मदद करने वाली हिम्मती लड़की थी। पूरे मोहल्ले के लिए एक मिसाल वो लड़की बेसुध बड़बड़ाती, कभी फफक-फफककर रोती, तो कभी निढाल-सी बेंच पर लुढ़क जाती। हर्ष से उसकी हालत देखी नहीं जा रही थी। वो ख़ुद भी लगातार रो रहा था। हर्ष ने पास खड़े वार्ड ब्वॉय से जल्दी से बॉडी एम्बुलेंस में पहुँचाने की गुज़ारिश की। अब उसके पिता और कुछ और पड़ोसी भी आ चुके थे। उन्होंने बताया कि शर्मा जी के रिश्तेदारों को ख़बर कर दी गयी है। हर्ष की उम्मीद के विपरीत एक भी महिला उनके साथ नहीं आयी थी। वो जानता था कि इस वक़्त स्वाति अपने पिता को शायद देख भी ना सके। हर्ष ने स्वाति को अपने पिता, शुक्ला जी, के साथ गाड़ी में वापस घर भेजने की कोशिश की, ताकि उसे शर्मा जी की बॉडी के साथ एम्बुलेंस में ना आना पड़े। लेकिन वो

नहीं मानी। स्वाति अपने पिता का हाथ पकड़कर एम्बुलेंस में बैठ गयी। शर्मा जी के पट्टियों से ढके शरीर को वो जैसे सहला रही थी, ये देखकर हर्ष की रुलाई छूट गयी। स्वाति की आँखों से बहते आँसू क़ाबू में थे। हर्ष कभी उसे देखता कभी शर्मा जी के पार्थिव शरीर को। दोनों ही निष्प्राण थे।

बिदाई

पिता की अन्तिम यात्रा को छह महीने बीत चुके थे। स्वाति का जीवन पूरी तरह से बदल गया था। उसे अपना परिवार सँभालना था। भाई की पढ़ाई और घर के ख़र्चे अब उसकी ज़िम्मेदारी थे। मम्मी आज भी पिता की मौत के सदमे से उबर नहीं पायी थीं। वो चिड़चिड़ी हो गयी थीं। मम्मी का दुःख शिकायतों में बदल रहा था। हर छोटी-बड़ी बात पर उन्हें ग़ुस्सा आता। स्वाति, पिता नाम के कवच के बिना अब उनकी शिकायतों और ग़ुस्से की मार झेल रही थी। उनके बदलते व्यवहार की भेंट सार्थक का बचपन भी चढ़ रहा था। भाई किशोरावस्था की तरफ़ बढ़ रहा था। कुछ ही महीनों में दसवीं का बोर्ड एग्जाम भी था। पिता के जाने और मम्मी के होते हुए भी ना होने से ये वक़्त मुश्किल हो चला था। स्वाति ने भाई की पढ़ाई की ज़िम्मेदारी के साथ-साथ उसके लिए मम्मी की ममता की कमी पूरी करने में ख़ुद को झोंक दिया।

सब बदल गया था लेकिन आज भी जब मम्मी चाय बनाती तो तीन कप ही बनते। फिर वो शर्मा जी के प्याले को देखकर अपनी चाय भी छोड़ देतीं। सार्थक के चॉकलेट वाले दूध का ज़िम्मा अब स्वाति पर था। घर पर खाने की थाली लगायी जाती तो भी चार। पापा की थाली हटाते स्वाति के घावों की पपड़ी फिर उतर जाती। लोग चले जाते हैं लेकिन उनसे जुड़ी हमारी आदतें आसानी से नहीं छूटती। वो आदतें हमारी अवचेतन मन का हिस्सा हैं। जबकि उनसे जुड़ी हमारी यादें कभी हमें ढाढस बँधाती हैं, कभी हमारी हिम्मत ही तोड़ देती हैं।

स्वाति के सर से सिर्फ़ पिता का साया नहीं उठा था, उसके जीवन का सबसे महत्त्वपूर्ण रिश्ता चला गया था। शर्मा जी उसके पिता थे, सखा थे,

सारथी थे, गुरु थे। उनकी कमी से जब-जब वो बिखरी तो समेटने के लिए कोई भी साथ नहीं था। अमन भी साथ नहीं था। होता भी कैसे? जो लड़का उसके जीवन के सबसे बड़े शोक में उसे अकेला छोड़ गया था वो दुःख की इस वेला में उसका साथ क्या ही देता। उस दिन जो अमन मर्चरी में उसे बिलखता छोड़ गया था, उसने ऑफ़िस के अन्य लोगों की तरह उसके पिता के लिए 'कंडोलेंस' का एक मैसेज भेजकर खानापूर्ति कर दी थी। लेकिन स्वाति के मन में अमन को लेकर अब भी आशा थी।

स्वाति क़रीब एक महीने बाद जब ऑफ़िस आयी तो उसे लगा कि अमन उससे मिलने तो आयेगा ही और तब वो उससे मन की बात कहेगी। वो शिकायत करेगी कि क्यों वो उसे अकेला छोड़ गया था। वो पूछेगी कि उससे बेहतर शायद ही कोई जानता होगा कि स्वाति के जीवन में उसके पिता की क्या अहमियत थी, फिर भी वो उसके पास क्यों नहीं था। उसे उम्मीद थी कि वो हमेशा की तरह थोड़ी देर से समझेगा। और जब वो आकर उसे बतायेगा कि वो ख़ुद उसके पिता की मौत से कितना सहम गया था, कितना टूट गया था तब वो उससे गले लग के रोयेगी। इतना कि उसका विह्वल मन धुल जाये। इतना कि उसके और अमन के मन का सारा दुःख बह जाये। लेकिन ऐसा नहीं हुआ। वो उससे नज़रें चुराता रहा। कहीं सामने पड़ जाता तो बच के ऐसे निकलता जैसे कोई पुराना उधार बाक़ी हो। हफ़्ते भर में ही स्वाति को पता चल गया कि अमन अब सिद्धि के साथ है। सदमा गहरा था। उसे ऐसा लग रहा था जैसे साँस नहीं आ रही हो। वो ज़ोर लगा कर साँस खींचने की कोशिश कर रही थी। अपनी डेस्क से भाग के वो टेरेस पर आ गयी। शर्ट के बटन खोलकर वो अपनी बेचैनी कम करने की जितनी कोशिश करती, साँस उतनी फँसी हुई लगती। उसका दिल रुक-रुककर धड़क रहा था। सीने पर इतना भारीपन, इतना दर्द था कि लगा वो मर जायेगी। दिल टूटने का दर्द, प्रेम की विदाई...मृत्यु के शोक से कम नहीं होती शायद। मृत्यु में बिछड़े व्यक्ति से शिकायतें ख़त्म हो जाती हैं लेकिन प्रेम में छल आत्मा को छलनी कर देता है। उसका दिल टुकड़ों में बिखर गया। हर पुरानी बात और याद की चुभन से मन लहूलुहान हो गया था। उस दिन वो बत्तीस मंज़िला इमारत की छत से कूद जाना चाहती थी। मरने का ख़याल आसान लग रहा था और जीना

बहुत मुश्किल। आज उसके पास पापा भी नहीं थे। काश वो होते तो वो उनके साथ अपना दर्द बाँट लेती। पापा का न होना भी तो जीवन में सूनापन भर गया था। अब जब प्रेम भी विदा हो गया तो वो जी कर क्या करती? उसने रेलिंग पर पैर रखा ही था कि उसका फ़ोन बजा। स्क्रीन पर 'सार्थक कॉलिंग' लिखकर आ रहा था।

"हैलो," स्वाति ने बमुश्किल अपने रुँधे गले से धक्का देकर आवाज़ निकाली।

"दीदी, आते समय टोपो शीट ले आना और ब्लैक जेल पेन भी।" सार्थक ने उधर से बोला।

"ठीक है। और कुछ?"

"नहीं, बस ये मत भूलना। अच्छा एक कोला भी, ओके बाय।" उसने बदमाशी भरी हँसी में उसे आदेश दिया और बाय बोलकर फ़ोन काट दिया।

स्वाति ने पैर वापस खींच लिए। 'ये क्या करने वाली थी मैं? इतनी स्वार्थी कब हो गयी? मेरे बिना सार्थक का क्या होगा? मम्मी अकेले सब कैसे सँभालती? मैं तो अपने पापा की बेटी हूँ ना। मुझे तो हिम्मत से काम लेना है।' ख़ुद से सवाल करती स्वाति जानती थी कि उसने अमन की हर हरकत, हर कमी तो देखते-जानते नज़रअन्दाज़ किया था। 'ये दिल उसने नहीं मैंने ख़ुद तोड़ा है। अमन की मेरी ज़िन्दगी में अब कोई जगह नहीं।' उसने ख़ुद को समझाया लेकिन दिल है। दर्द तो होता है। घण्टों वहाँ बैठकर रोती हुई एक बेटी अपने पिता की अधूरी ज़िम्मेदारियों के लिए इस दर्द को सहने के लिए ख़ुद को तैयार कर रही थी। पिछले छह महीनों में रोज़ काम पर आना, अपने पुराने प्रेमी को किसी और के साथ खुलेआम अठखेलियाँ करते देखना उसे तिल-तिल कर मार रहा था। 'ये वही अमन है जिसे 'पीडीए' पसन्द नहीं था इसलिए मुझसे सबके सामने फॉर्मली बात करता था? ये आज किस हद तक बेशर्मी पर उतर आया है?' कभी-कभी उसे अमन की हरकतें देखकर यक़ीन नहीं होता था कि वो उस व्यक्ति से प्यार करती थी। दिल को कितनी भी ठेस पहुँचे, आप कितनी भी कोशिश करें मूव ऑन करने में वक़्त लगता है। उसने अमन के साथ अपना व्यवहार सम्माननीय लेकिन उदासीन रखा।

स्वाति की ज़िन्दगी मेट्रो में सफ़र और स्पोटिफाई पर सैड सॉन्ग की एक लिस्ट जैसे हो चुकी थी। वो मास्क और ईयर प्लग लगाकर रोज़ नोएडा से गुड़गाँव का सफ़र करती। कानों में जब 'माना की हम यार नहीं' या 'फिर भी तुमको चाहूँगा' बजता तो उसकी आँखें और दिल भर जाते। इतने महीने हो गये थे, अमन उसके दिल से उतर चुका था लेकिन गाने रोज़ उसके ज़ख़्मों को ताज़ा कर देते। शायद हमें उस इन्सान के बदल जाने से इतनी दिक़्क़त नहीं होती जितना इस बदलाव को स्वीकार करने में। स्त्री मन वैसे भी तमाम कोशिशों के बाद भी हार नहीं मानता। हाँ, एक दिन जब वो मन थक जाता है तो कोशिशें बन्द कर देता है। स्वाति की वो स्थिति आने में अभी लम्बा वक़्त लगना था।

"ये घर आने का टाइम है? कहाँ थी?"

"मम्मी, आपको तो पता है कितनी लम्बी छुट्टी के बाद ऑफ़िस ज्वाइन किया था, काम काफ़ी बढ़ गया है।"

"काम बढ़ गया है या घर आने का जी नहीं करता।" मम्मी ने उलाहना दिया।

"ऐसा नहीं है मम्मी। इस बार प्रमोशन और इंक्रीमेंट दोनों चाहिए।"

"मुझे कहानियाँ मत सुना। किसी ऑफ़िस में इतनी देर तक काम नहीं होता। सच-सच बता किसके साथ थी?" मम्मी ने सख़्ती से पूछा।

"किसके साथ थी मतलब?" स्वाति को मम्मी की बात तेज़ थप्पड़ जैसी महसूस हुई।

"तुझे नहीं पता मतलब? अट्ठाईस की उम्र में इतनी आग लगी हैं? अपनी हद मत भूलना, समझी।"

"क्या? कौन-सी हद नहीं मानी आज तक? आज मुझे बता ही दीजिये कि आप मुझे क्या समझती हैं?"

पापा के जाने के बाद मम्मी के साथ इस तरह की बहस अब लगभग रोज़ की बात थी। जब स्वाति पलटकर ज़ोर से सवाल करती तो वो ग़ुस्से से फनफनाती वहाँ से चली जातीं। स्वाति का दिल उनकी बातों से दुखता तो वो घण्टों कमरा बन्द करके रोती। मम्मी को उसके कमरा बन्द करने से भी दिक़्क़त थी। जाने किस बात का फ़ितूर सवार था। ऑफ़िस जाने के लिए ठीक से तैयार हो जाये तो सवाल, लिपस्टिक लगा ले तो उलाहना। हर छोटी-बड़ी बात पर खरी-खोटी सुनाती और सीधे चरित्र पर सवाल करती। स्वाति को समझ नहीं आ रहा था कि मम्मी के व्यवहार में ये तब्दीली क्या इशारा करती थी। पापा के रहते हुए वो कभी ऐसी नहीं थीं। उन्हें स्वाति से कोई शिकायत हो, नाराज़गी हो तो भी वो पापा से भले झगड़ लें लेकिन उसे कुछ नहीं कहती थीं। सिविल की तैयारी करने की बात हो या शादी की जल्दी, वो हमेशा पापा को ही कहतीं। स्वाति की नौकरी से शर्मा जी के देहान्त तक वो स्वाति से बस उसके खाने, सोने और तबीयत की बात पूछतीं। इतने सालों में रोज़मर्रा की इन बातों से अलग उसकी उनसे कोई बात हुई ही नहीं थी जैसे। स्वाति को हैरानी थी कि अपनी मम्मी से कभी वो उतनी निश्चिन्तता से बात नहीं कर पायी जैसे

वो अपने पिता से करती थी। मम्मी तो उसके बचपन से ही थोड़ी रूढ़िवादी और नियम-क़ायदे वाली थीं। वो सामान्य व्यवहार पर ही बहुत टोका-टाकी करती थीं इसलिए उनके साथ कभी वो संवाद बन ही नहीं सका जैसा शर्मा जी के साथ था। शर्मा जी हमेशा ढाल की तरह अपनी बिटिया के आगे रहे, ये भी वजह थी कि इतने सालों से न तो समाज और न ही मम्मी का ये रूप उसके रास्ते की बाधा बन सका। लेकिन अब उसकी ढाल जा चुकी थी। उसे लगा था कि पिता के जाने के बाद माँ उसकी सारथी, उसकी ढाल बनेंगी। लेकिन वो उसके साथ नहीं, उसके सामने थीं। अब उसे वही सब सहना था जिससे बचाने के लिए शर्मा जी हमेशा उसका हाथ थामे उसके साथ चले थे। शर्मा जी की कोमल मन वाली बिटिया अब समझ रही थी कि क्यों वो हर बात पर मम्मी के सामने तन के खड़े हो जाते थे। क्यों उसकी तरफ़ से मम्मी को समझाते कि बिटिया को वाद-विवाद, इल्ज़ामों से दूर रखकर वो उसके मन की शान्ति की रक्षा कर रहे थे। 'आपने तो कभी मुझ पर आवाज़ भी नहीं उठायी पापा, आज मम्मी उँगली क्यों उठा रही हैं? ऐसा क्या था मम्मी के मन में जो पापा के जाने से घाव की तरह उघड़ आया।'

स्वाति अपनी मम्मी की मनोदशा समझना चाहती थी। जब तक पिता जीवित थे मम्मी कभी ऐसी नहीं थीं। उन्होंने कभी स्वाति से ऐसे बात नहीं की थी। शुरू के कुछ महीने वो सार्थक पर भी ध्यान नहीं देती थीं, लेकिन उन्होंने उससे कभी भी इस तरह कड़वी बात नहीं की। उल्टा अब वो उसे ऐसे लाड़ करती हैं जैसे वो दूध पीता बच्चा हो। ये एक वजह है कि सार्थक ने हर काम को पूरा न करने के लिए पिता की मृत्यु को एक बहाना बना लिया था। अगर स्वाति पढ़ने के लिए भी उसे टोक दे तो वह उल्टा जवाब देता, नहीं तो मम्मी उसकी तरफ़दारी करतीं और वो बदतमीज़ी करके बच जाता। शायद अपने दुःख से निपटने का ये उनका तरीक़ा था। लेकिन उनका ये तरीक़ा स्वाति के वर्तमान और उसके भाई के भविष्य के लिए घातक साबित हो रहा था। स्वाति ने पिता के जाने के बाद जाना कि पिता के अलावा उसने किसी से ऐसी दोस्ती भी नहीं की जिससे वो इस घड़ी में बात कर सके। इसलिए इस बारे में अपनी बॉस अनुष्का से बात की। अनुष्का की टीम रीहैब कार्यक्रम से जुड़ी थी। अनुष्का ख़ुद क्लीनिकल साइकॉलोजी की विशेषज्ञ थी। उसकी टीम में और

भी कई मनोचिकित्सक थे।

"मैम, आप मेरी मदद कीजिए ना, प्लीज़" स्वाति ने अनुष्का को पूरी बात नहीं बतायी लेकिन शर्मा जी के देहान्त के बाद से मम्मी के व्यवहार में चिड़चिड़ेपन और ग़ुस्से के बढ़ने की बात कही।

"ऑफ़ कोर्स डार्लिंग! तुम अपनी माता जी को यहाँ पर लेकर आओ। उनसे बात करके समझते हैं कि आख़िर इशू क्या है।" अनुष्का ने कहा।

"यहाँ? यहाँ पर नहीं मैम। ऑफ़िस में उनका आना ठीक नहीं होगा। दिस इज़ पर्सनल।" उसने नम्रता से अनुरोध किया। भले उसने घर में बताया नहीं था, लेकिन उसके पिता को अमन और उसकी स्पेशल दोस्ती का अन्दाज़ा था। 'मम्मी को पता हुआ तो उसे देखकर नाराज़ ना हो जायें।'

"स्वाति, मैं समझती हूँ कि तुम्हे पर्सनल और प्रोफ़ेशनल लाइफ़ अलग रखनी है। लेकिन सबका शोक मनाने का अपना तरीक़ा है। कोई रोकर मुक्त होता है तो कोई पुरानी हर बात को जकड़ लेता है, कोई करुणा से भर जाता है तो कोई आक्रोश से और ये सब सामान्य है। लेकिन तुम्हारी चिन्ता देखकर लगता है कि जितना तुम बता रही हो वो आइसबर्ग का टिप भी नहीं है।" अनुष्का अनुभवी थी। वो स्वाति के हालात कई महीनों से देख रही थी।

"मैम, क्या बताऊँ। समझ ही नहीं आ रहा। एक बार मम्मी से मिल लीजिए आपको अन्दाज़ा हो जायेगा कि उनकी स्थिति को सुधारने के लिए क्या करना चाहिए।" स्वाति ने बेबसी से कहा।

"चलो, तब इस वीकेंड तुम्हारे घर पर चाय पीते हैं और आंटी से मिलते हैं। ठीक?"

"थैंक यू, मैम।"

स्वाति को थोड़ी राहत महसूस हुई। शनिवार शाम की चाय पर अनुष्का ने उसके घर आने का वादा किया। वैसे तो स्वाति की छुट्टी शनिवार और इतवार दोनों दिन रहती थी लेकिन दोबारा ऑफ़िस ज्वाइन करने के बाद से वो शनिवार भी काम कर रही थी। उसके पिता के देहान्त के बाद से उसके बॉस ने उसे बाहर की किसी प्रोजेक्ट में नहीं भेजा। उसकी परिस्थिति ऐसी थी कि पूरे घर की ज़िम्मेदारी उसके कन्धों पर आ गयी थी और इसी लिहाज़ से उसके बॉस ने फ़िलहाल उसे दिल्ली एनसीआर के ऑफ़िस में काम देखने की

इजाज़त दी थी। डेस्क वर्क उसके लिए नया था, उसे लीगल काम समझने में दिक़्क़त भी आ रही थी। इसलिए अब वो हफ़्ते में छह दिन काम कर रही थी ताकि साथ वालों से पिछड़ न जाये। उसने सोचा था कि एक बार घर में सब ठीक हो गया तो वो फिर से टूर करने लगेगी। लेकिन घर में स्थितियाँ बद से बदतर हो रही थीं।

सार्थक का दसवीं का रिजल्ट अच्छा नहीं आया था। इस पर भी उसे पिता की मौत का लाभ मिल गया। उसने ग्यारहवीं में कॉमर्स ले ली। पढ़ाई से उसका नाता दिन-ब-दिन टूट रहा था। हालाँकि स्वाति ज़्यादा समय घर से बाहर रहती थी लेकिन हर शाम वो अपने भाई से दिन भर की बातें करने ज़रूर बैठती। उसे एहसास था अब सार्थक पहले की तरह सहज हँसता-बोलता नहीं। कम उम्र में पिता का साया सर से उठ जाना उसके लिए भी आसान नहीं था। उस पर मम्मी उस बच्चे को घर का वारिस ही नहीं, घर का मुखिया बनाने पर तुली थीं। छोटी उम्र में मुखिया की ज़िम्मेदारी भले न समझ आये, मुखिया के अधिकार और वर्चस्व की समझ उसे हो रही थी। उसे पता था अब घर के एकलौते पुरुष को ये अधिकार है कि वो अपनी बहन से सवाल कर सके। माँ पर हुक्म चला सके। स्वाति पढ़ाई के लिए टोके या उसकी बदतमीज़ी पर, उस पर कोई असर नहीं होता। वो उल्टा जवाब देता। स्वाति के चरित्र पर मम्मी की तरह सवाल उठाता। जो वाक्य वो रोज़ सुन रहा था उन्हें दोहराने में उसे शर्म नहीं आती थी लेकिन उससे स्वाति अवाक् रह जाती और सार्थक का पीछा छूट जाता।

जैसा कि तय हुआ था, अनुष्का शनिवार को स्वाति के घर पहुँच गयी। पिता की मृत्यु के बाद उसके ऑफ़िस के कई साथी पूर्व आई.ए.एस. एसोसिएशन द्वारा आयोजित उसके पिता की श्रद्धांजलि सभा में आये थे। अनुष्का भी उसके परिवार से तब मिली थी। पिछले कई महीनों में ऑफ़िस का कोई दोस्त और साथी उसके घर नहीं आया था। अनुष्का के लिए दरवाज़ा उसकी मम्मी ने खोला।

"नमस्ते, मिसेज़ शर्मा।" उसने दोनों हाथ जोड़कर नमस्ते किया।

उन्होंने झिझकते हुए हाथ तो जोड़ लिए लेकिन उसे पहचान न सकीं। तब तक पीछे से स्वाति आ गयी।

"नमस्ते मैम! आइये, अन्दर आइये।" उसने फुर्ती से अनुष्का का स्वागत किया और उसे बैठक में ले आयी।

मम्मी उनके पीछे-पीछे बैठक में आयीं, "आप चाय लेंगी या ठण्डा?" मालती देवी ने शालीनता से पूछा।

"अरे। आप बैठिये न आंटी। चाय भी पी लेंगे लेकिन स्वाति के हाथ की। आप तो बस बैठिये।"

"नहीं नहीं, आप लोग बैठिये। मेरा यहाँ क्या काम। मैं चाय लाती हूँ।"

स्वाति ने मम्मी को रोका और सोफ़े पर बैठा दिया, "आप दोनों बातें कीजिए। चाय मैं लाती हूँ।"

वो सकुचाकर बैठ गयीं। शर्मा जी के रहते, उन्हें कभी आदत नहीं थी मेहमानों के साथ बैठने-बतियाने की, "स्वाति के पापा थे तो सब सँभाल लेते थे। मुझसे तो कुछ भी नहीं सँभालता।"

"ये तो है। अंकल के जाने से घर सूना हो गया। वो साइट पर स्वाति के साथ आते रहते थे। उनके साथ काम, काम नहीं लगता था।"

"अच्छा हाँ। आप तो इसके पापा से कई बार मिली होंगी।" उन्हें याद आया कि सेवानिवृत्ति लेने के बाद वो स्वाति के साथ उसके किसी-किसी प्रोजेक्ट पर साथ जाते रहते थे।

"जी। बहुत ज़िन्दादिल इन्सान थे। उनके साथ बात करना ही बहुत प्रेणादायक और सीखने वाला होता था। क़िस्से, कहानी, कविता के साथ-साथ वो जीवन की इतनी गूढ़ बातें इतनी आसानी से समझा देते थे।"

"हाँ। बहुत पढ़े-लिखे थे।" उन्होंने फीकी मुस्कान के साथ बोला।

"आंटी, आपकी बहुत तारीफ़ करते थे। अच्छे-से-अच्छे होटल और कैफ़े में, बड़े-से-बड़े शेफ के बनाये खाने को आपके हाथ के सामने फ़ीका मानते थे। अपनी और स्वाति की ज़िन्दगी की हर कामयाबी के श्रेय बस आपकी तपस्या को देते थे।" अनुष्का ने शर्मा जी के साथ के अपने कुछ संस्मरण उन्हें सुनाये। लेकिन उनकी आँखों में आते-जाते भाव में एक फीकापन था जो सिर्फ़ शर्मा जी की कमी की वजह से नहीं था शायद।

"किचन और खाना ही अन्ततः गृहिणी की पहचान बन जाते हैं।" उन्होंने व्यंगात्मक लहजे में बोला।

अनुष्का समझ गयी कि उनके दिल में कोई फाँस तो है, "ये भी सच कहा आपने। लड़कियाँ भले चाँद पर पहुँच जायें लेकिन उनकी पहचान अब भी उनके सुगढ़ और सुशील होने से होती है। और सुशील वही है जो नज़र और आवाज़ नीची रखे। सुगढ़ वही जो रूपवान हो और उसके हाथ की छाप उसके घर की सज्जा और खाने के स्वाद में दिखे।"

"अब कहाँ मिलती हैं ऐसी लड़कियाँ। हम लोगों ने पढ़ाई-लिखाई करके भी कभी डिग्रियों का रौब नहीं झाड़ा। घर में नौकर चाकर होते हुए भी कभी बैठक की दहलीज़ नहीं लाँघी। अब ज़माना अलग है।"

"आपने कभी जॉब नहीं की आंटी? एक्चुअली आपका व्यक्तित्व इतना आकर्षक है, आप तो स्वयं ऑफ़िसर लगती है।"

उनके चेहरे पर हास्य की एक स्मित रेखा खिंच आयी। तब तक स्वाति चाय लेकर आ गयी, "अनुष्का, आप चाय पीजिए मैं अभी आती हूँ" इतना बोलकर मुस्कुराती हुई वो अन्दर चली गयीं।

स्वाति ने अनुष्का को चाय दी और आँखों में 'क्या लगता है?' का सवाल लेकर सामने वाले सोफ़े पर बैठ गयी।

"ये सिर्फ़ जीवनसाथी के जाने का शोक नहीं है। कुछ पुरानी समस्या, कुछ शिकायतें हैं। उनका दबा हुआ रोष लगता है। अंकल-आंटी का रिश्ता कैसा था?"

"जैसा सब माता-पिता का होता है। नार्मल।"

"नहीं, माता-पिता का नहीं, वो पति-पत्नी कैसे थे?"

"मतलब?"

"मतलब एक पति के तौर पर शर्मा अंकल कैसे थे? रोकटोक करने वाले थे? शक्की थे या सख़्त थे? यानी उनके और आंटी के रिश्ते में कोई तनाव या खटास थी? आंटी तो अपने समय की एमए, बीएड थीं न? तो क्या वो अपनी मर्ज़ी से गृहिणी हैं?"

"मम्मी टीचर थीं, शादी के बाद बाबा-दादी ने उन्हें नौकरी करने से रोक दिया था। लेकिन पापा ने सबसे बहुत झगड़कर, सबके ख़िलाफ़ जाकर उन्हें वापस ज्वाइन करवाया था। पापा ने उनके कई फ़ार्म भरवाये, उन्होंने एग्जाम दिये लेकिन सरकारी स्कूल में उनका नाम नहीं आया। उन्हें लगता था कि

अगर पापा चाहते तो उनका सिलेक्शन सरकारी नौकरी में हो जाता। उन्हें अफ़सोस था कि पापा ने उनका साथ नहीं दिया, माने सिफ़ारिश नहीं की।"

"फिर?"

"मैं बहुत छोटी थी तभी उन्होंने नौकरी छोड़ दी थी। पापा समझाते थे कि उन्हें अपनी पढ़ाई और क़ाबिलियत को यूँ ज़ाया नहीं करना चाहिए। लेकिन एक आईएएस की पत्नी होकर प्राइवेट स्कूल में मामूली टीचर की नौकरी करना उन्हें पसन्द नहीं था। पापा पढ़ने और मेहनत करने को कहते तो उन्हें लगता कि वो उन्हें अपने बराबर क़ाबिल नहीं समझते। इस तरह की तनातनी चलती रहती थी। लेकिन ये तो बहुत पुरानी बातें हैं। भैयू के होने के बाद से मम्मी बहुत ख़ुश रहने लगीं, ससुराल से बेटे ना होने पर मिलने वाले तानों से उन्हें राहत मिली होगी। वो चाहती थीं कि मैं भी पापा की तरह सिविल सर्विसेज में जाऊँ या किसी अच्छे ओहदे वाले ऑफ़िसर से शादी कर लूँ। अभी कुछ सालों से उन्हें बस मेरी सरकारी नौकरी वो भी सिविल सर्विसेज़ वाली और शादी की चिन्ता थी।" स्वाति ने एक साँस में उसे सब बता दिया।

"और हाँ, पिछले कुछ सालों में तो वो पापा के वीआरएस लेने से काफ़ी नाराज़ थीं।"

"हम्म, आईएएस की पत्नी। जिसने एक बढ़िया रुतबे वाली ज़िन्दगी देखी और जी। बेटा होने के बाद पितृसत्ता की तरफ़ से भी उन्हें अभयदान मिल गया। पुत्र की माता होना बड़ी सफलता मानी जाती है। ख़ुद को अपने पति से कमतर समझना भी बन्द हुआ होगा। सिविल सर्वेंट का वैभव उनसे छिन गया जब शर्मा अंकल ने वीआरएस लिया? क्यों लिया था वैसे?"

"पापा बहुत ईमानदार इन्सान थे। इसलिए उन्होंने काफ़ी दिक़्क़तें झेलीं। कहते थे कि वो सिस्टम से थक चुके थे। वैसे उन्हें देखकर ही, कभी मेरी हिम्मत नहीं हुई कि सिविल की तैयारी करूँ। पापा रोज़ की उठापटक से दूर एक सहज और साधारण ज़िन्दगी जीना चाहते थे। इसी चाह में वो गाँव का स्कूल सँभालते। मेरे प्रोजेक्ट्स पर मेरे साथ काम करते और कई बार साथ में ट्रैवेल भी करते।"

स्वाति बोल ही रही थी कि उसकी माता जी कमरे में वापस आ गयीं। जाने क्या सुना था क्या नहीं लेकिन बोल पड़ी, "उनकी साधारण ज़िन्दगी

का खमियाज़ा हम लोग आज भी भुगत रहे हैं। सड़क पर आने की नौबत आ जायेगी देखना। अरे अपने पद पर रहते हुए प्राण जाते तो आज तुमको सरकारी नौकरी मिल जाती। इतनी क़ाबिल तो हो कि धीरे-धीरे एग्जाम वगैरा देकर उनके जैसी हैसियत और रुतबा फिर बना लेतीं! लेकिन अब? सब काम बाक़ी है, सार्थक की पढ़ाई कैसे पूरी होगी? तुम्हारी शादी, वो कैसे होगी? उम्र निकल रही है। सिर्फ़ तुम्हारे मोह में सब छोड़छाड़ के समाज सेवा में लग गये। इनके साथ के लोगों के पास चार-चार घर, प्लॉट, दुकानें क्या नहीं है! लोगों ने अपने लिए रेंटल इनकम बनायी और इनकी जीवनभर की कमाई से बस एक घर बन पाया। साल-दो साल में जब बचाखुचा भी ख़त्म हो जायेगा तब क्या होगा हम सबका? कोई प्लानिंग है? ये सालाना बारह-पन्द्रह लाख कमा लेने को तुम बड़ी बात समझती हो? आज तुम ठीक जगह होतीं तो ये सब सोचना पड़ता? उस पर से हर जगह नॉमनी भी तुम हो। जब शादी होगी तब क्या तुम्हारा पति इस घर की ज़िम्मेदारी उठाने देगा? बल्कि घर तो तुम्हारे नाम है, वो हमें यहाँ रहने देगा?" उनका ग़ुबार निकलने लगा। उन्हें ये भी सुध नहीं रही कि कोई बाहरी भी वहाँ मौजूद है। "पिता नहीं हैं इसलिए तुम्हें ज़्यादा छुट्टा होने के ज़रूरत नहीं है, समझीं। जब तक भाई का सेटेलमेंट नहीं हो जाता इस घर की देखरेख, ख़र्चा सब तुम्हारी ज़िम्मेदारी है। शर्मा जी की बिटिया कहाँ, तुम तो उनका बड़ा बेटा थीं ना। अब बड़े बेटे का फ़र्ज़ निभाओ।" अनुष्का के सामने अपनी मम्मी की कड़वी बातें स्वाति को ज़्यादा चुभ रही थीं। वो बहुत शर्मिन्दा थी कि अनुष्का के सामने ये सब हुआ। लेकिन अनुष्का ने उसे आँखों से ही आश्वस्त किया और उसकी मम्मी को सँभाला।

"आंटी, आप पानी पीजिए।" उसने भरा हुआ गिलास उनकी तरफ़ बढ़ाया। अनुष्का की आवाज़ सुनकर, उसे वहाँ मौजूद पाकर उन पर घड़ों पानी पड़ गया। स्वर्गीय सिविल अफ़सर की पत्नी का ऐसा व्यवहार? उन्हें अपनी हरकत पर ग़ुस्सा आ रहा था, शर्मिन्दगी थी, वो उठकर तेज़ी से अन्दर चली गयीं।

अनुष्का ने स्वाति की पीठ पर हाथ रखकर उसे हिम्मत से काम लेने को कहा और वहाँ से चली गयी। पिता के साथ बहुत कुछ विदा हो चुका था। घर की शान्ति, मम्मी का प्यार, भाई का लड़कपन; शायद सब हमेशा के लिए विदा हो गया था।

दायित्व

अमन के प्रति पूरी तरह उदासीन होने में स्वाति को लगभग साल भर लगा। महीनों तक ग़म भरे नग़मे सुनकर ज़ार-ज़ार रोती आँखों में अपने लिए नाराज़गी बढ़ती जाती। कैसे हम अपने दिल के हाथों इतने मजबूर हो सकते हैं? जिसकी ज़िन्दगी पर आपके होने और नहीं होने में कोई फ़र्क़ नहीं पड़ता कैसे उस इन्सान के लिए दिल में इतना दुःख भर गया। शायद ये दुःख नहीं था, शायद ये पछतावा था। क्योंकि अमन की हर हरकत पर दिल को दिमाग़ ने आगाह किया था। ये पछतावा था हर उस बात का जो देखकर अनदेखा की गयी थी। कितना कुछ था जो ग़लत था। 'मेरी आँखें उसे देख रही थीं, दिल महसूस कर रहा था लेकिन मन ने नहीं माना।' कितनी बार मेरे दोस्ताना रवैये को उसने मेरी दिलचस्पी माना। कितनी बार 'क्वालिटी टाइम' बिताने के लिए उसने सिर्फ़ सेक्स को चुना। कितनी बार मेरे मना करने पर भी मेरे क़रीब आया। कितनी बार मेरे मना करने पर रूठा और हर बार तब ही माना जब उसने अपने मन की कर ली। कितनी बार मुझ पर सवाल उठाकर मुझे छोटा महसूस करवाया लेकिन जब भी उसने इसे प्यार का नाम दिया मैं ख़ुद ही बेवक़ूफ़ों की तरह मान गयी। ग़लत किया उसने लेकिन ग़लती मेरी ही थी। मैंने ही देखते जानते सब अनदेखा किया। मेरे साथ जो हुआ है वो सही हुआ है।' उसका ख़ुद को कोसने का सिलसिला कम हुआ था क्योंकि घर पर एक माँ थी जो दिन-रात उसे कोस रही थी। भाई था जो अपनी उम्र से बड़ी बातें ही नहीं करता बल्कि माँ की हर बात दोहरा कर ये सुनिश्चित करता था कि कहीं उसकी बहन आवारा और बदचलन तो नहीं हो गयी है।

काम पर उसकी एकाग्रता में घर की ज़िम्मेदारियों के चलते कमी ज़रूर आयी थी लेकिन उसकी मेहनत अब रंग लायी थी और उसको बड़ा प्रमोशन मिला था। ज़िम्मेदारियाँ बढ़ीं तो उसे पहली बार एहसास हुआ कि वक़्त से तनख़्वाह बढ़ना भी ज़रूरी होता है। पिता के रहते उसने सिर्फ़ अपना काम किया था उसे कभी इंक्रीमेंट का इन्तज़ार नहीं रहता था। प्रमोशन से ज़्यादा उसकी दिलचस्पी चुनौती भरे प्रोजेक्ट्स पर काम करने में थी और अब वो ऐसे प्रोजेक्टस में काम करती है जहाँ उसे वक़्त से घर जाने को मिले, वक़्त से तनख़्वाह बढ़े और ज़्यादा मुश्किलें न हों। कभी-कभी उसे लगता कि वो अपनी उम्र से दुगनी हो गयी है। आईना देखती तो दो-चार सफ़ेद बाल भी दिखते। 'कहीं से तो पापा की झलक मारने लगी हूँ।' अकेले बैठती तो भी उसका दिमाग़ उसे अकेले रहने नहीं देता। दिन भर चिड़िया की तरह चहकती और दिमाग़ में अथाह शान्ति लिए घूमती वो लड़की कहीं खो गयी थी। उसकी चुप्पी जितनी सघन थी उसके दिमाग़ का कोलाहल उतना प्रबल।

'क्या मैं एक लड़का होती, एक बेटा होती तो अपनी मम्मी के जीवन को बेहतर बना पाती? बेटा भी तो यही करता ज़िम्मेदारियाँ उठाने के लिए मेहनत से नौकरी करता, पैसे कमाता, भाई की पढ़ाई के लिए व्यवस्था करता। ऐसा करने से वो अच्छा और लायक बेटा कहलाता। मैं भी तो यही सब कर रही हूँ? मैं आवारा नालायक क्यों हूँ? शायद वो मम्मी के लिए एक बहू भी लाता जो मैं नहीं ला सकती। ऐसा क्या करूँ कि मम्मी का प्यार पा सकूँ?'

अनुष्का ने बताया था कि उसकी मम्मी के मन में कुछ शिकायतें दबी हैं जो वक़्त रहते शर्मा जी के साथ सुलझ नहीं पायीं। उनके जल्दी रिटायरमेंट ले लेने से उनके मन में असुरक्षा की भावना भी गहरी बैठ गयी। उन्हें फ़िक्र थी कि उनका कुलदीपक अपने पिता के जीवन का ऐश्वर्य सही तरह से नहीं भोग सका। उनके अनुसार पुत्री के मोह में शर्मा जी ने पुत्र की अनदेखी की थी, वरना क्यों समय से पहले अपना पद और सुविधाएँ छोड़ कर चल देते? शर्मा जी के इस क़दम का सबसे बुरा असर उनके बेटे के भविष्य पर पड़ा था। शर्मा जी के इस फ़ैसले का कारण वो स्वाति को मानती हैं और ये एक बड़ी वजह है कि उनका शर्मा जी के प्रति जो ग़ुस्सा है वो स्वाति पर गाहे-बगाहे फूटता रहता है। स्वाति जानती थी ये एकलौता कारण नहीं है। शायद उन्हें

अमन से उसके रिश्ते का सच पता रहा हो। शादी से पहले किसी के साथ इतनी निकटता उनकी दृष्टि में पाप ही थी। शायद वो कह नहीं पा रहीं लेकिन उसके चरित्र को लेकर जो कुछ भी वो बोलती हैं वो यूँ ही किसी गुस्से के चलते नहीं था। लेकिन माँ के साथ पिता जैसा न संवाद था न सहजता इसलिए वो कभी उनसे पूछ नहीं सकी। वो अब बस सुन लेती है। जब अच्छा समय नहीं रुकता तो ये समय भी निकल ही जायेगा। इसी आशा में वो बस अपने दायित्व निभाती जा रही थी।

सार्थक को बारहवीं के बाद पाँच साल का इंटीग्रेटेड मैनेजमेंट कोर्स करना है। उसमें बीबीए और एमबीए दोनों डिग्री एक साथ हो जाती है। मम्मी और सार्थक चाहते हैं कि वो अपनी पढ़ाई किसी नामी संस्थान से करे। सार्थक के लिए अच्छे कॉलेज का मतलब था वो कॉलेज जिनका कैम्पस बड़ा और आधुनिक था। जहाँ उनके मुताबिक़ अच्छा क्राउड आता था। वह ना ही किसी यूनिवर्सिटी का एंट्रेंस देना चाहता था ना ही उसे बेहतरीन इंस्टीट्यूशन की सही समझ थी। जहाँ उसके साथ के ज़्यादातर बच्चे या तो विदेश जा रहे थे या पुणे, बेंगलूरु के नामी प्राइवेट कॉलेज में वहाँ वो दिल्ली यूनिवर्सिटी का कट ऑफ कैसे निकालता, कोई एंट्रेंस कैसे देता? उसकी ज़िद थी कि अगर पापा होते तो उसका एडमिशन भी उसके दोस्तों की तरह भव्य कॉलेज में होता।

"पापा होते तो ये दिन ही क्यों देखना पड़ता।" मम्मी ने अपने लाड़ले को पुचकारते हुए स्वाति को उलाहना दिया।

"मम्मी, आपको भी पता है कि पापा होते तब तो इसे भी मेरी तरह अच्छे संस्थानों में एंट्रेंस देकर ही आगे पढ़ना पड़ता। मैंने भी तो यही किया। स्कॉलरशिप पर पढ़ी जबकि ऐसा नहीं था कि पापा ख़र्चा नहीं उठा सकते थे लेकिन उन्होंने हमेशा उसूलों को चुना।"

"ज्ञान नहीं माँगा है। जहाँ वो चाहता है वहीं पढ़ेगा। तुझसे नहीं हो पायेगा तो साफ़ बता। मैं गहने बेचकर पढ़ा लूँगी।' मम्मी ने धमकी दी।

"मम्मी, कोई लॉजिक है इस बात का? एक साल की फ़ीस ही क़रीब चार-पाँच लाख है। हर साल की फ़ीस बढ़ेगी। पाँच साल का कोर्स यानी बीस-पच्चीस लाख तो बस ये हो गये। रहना-खाना अलग। इनके रहन-सहन और संगी-साथी के हिसाब से आधा भी लगा लूँ तब भी दस-बारह लाख वो हुए। उस पर प्लेसमेंट की कोई गारंटी नहीं है। कम-से-कम कॉलेज ऐसा तो चुनो जहाँ से पढ़ने के बाद कोई अच्छी नौकरी मिल सके।"

"मुझे नहीं करनी नौकरी। मैं अपना बिज़नेस करूँगा।" सार्थक तपाक से बोला।

"अच्छा। तब तो तीस-पैंतीस लाख पढ़ाई में ख़र्च करने की जगह बिज़नेस में ही लगा देने चाहिए। दो बार पैसा कहाँ से आयेगा।"

"दिखा दी ना अपनी औक़ात। मुझे पता था कि तू चाहती ही नहीं है कि ये

पढ़-लिखकर क़ाबिल बन जाये। समझ गयी मैं, पहले अपने बाप को नाकारा बना दिया अब तू इस लड़के को कुछ बनने नहीं देगी।"

"मम्मी! कहाँ की बात कहाँ लेकर जा रही हो। पढ़ाई करनी है तो अच्छा कॉलेज देखो। भले प्राइवेट हो, फ़ीस ज़्यादा हो लेकिन कोई फ़्यूचर तो होगा! ये क्या मतलब है कि बस बिल्डिंग और पढ़ने वालों की हैसियत देखकर एड मिशन लेना है? पढ़ने भेजना है, पिकनिक पर नहीं।"

मालती देवी ग़ुस्से से बड़बड़ा रही थीं। अब स्वाति पर उनकी बातों का असर कम होता था। वो जानती थी कि हर छोटी-बड़ी बात पर पैसा और चरित्र बीच में लाना मम्मी के स्वभाव में आ चुका है। अब उसे अपनी नीयत और चरित्र पर सवाल किये जाने की आदत हो चुकी थी। पहले वो ऐसी बातों पर भावुक होकर उन दोनों की ग़ैर-वाज़िब बातें मान लेती। उसे लगता ऐसा करने से मम्मी के मन की कड़वाहट कम होगी। भाई का खोया विश्वास वापस आयेगा। लेकिन काम होने के बाद सब फिर वैसा हो जाता। इसलिए वो बिना रोये, बिना उत्तेजित हुए ठण्डे स्वर में जवाब देती। जिससे मम्मी को बात बढ़ाने का मौक़ा नहीं मिलता। बात बिगड़ती देखकर सार्थक ने एक बार और ज़ोर-आज़माइश की।

"रोहन ऑस्ट्रेलिया जा रहा है। विवेक और मोहसिन जर्मनी जा रहे हैं। मैं तो वहाँ जाने की ज़िद नहीं कर रहा। लेकिन अच्छे कॉलेज में पढ़ना तो डिज़र्व करता हूँ। पापा होते तो मुझे इतनी विनती नहीं करनी पड़ती।"

"पापा होते तो वो यही चाहते कि तुम ख़ुद सेलेक्ट होकर एडमिशन लो न कि डोनेशन से। मेरी पूरी पढ़ाई स्कॉलरशिप पर हुई थी। पापा ने कभी एडमिशन या नौकरी के लिए सिफ़ारिश नहीं की। वो चाहते थे कि हम अपने दम पर अपना मुक़ाम हासिल करें।" स्वाति ने बात क्लियर की।

बहन की आवाज़ में पिता वाला रौब सुनकर सार्थक धरती पर आ गया, "जानता हूँ। ये सब नहीं हुआ होता तो शायद मैं कर भी लेता। लेकिन अब तो पिछड़ चुका हूँ न। ऐसा नहीं की कोशिश नहीं करता, लेकिन नहीं हो रहा। और चार साल की फ़ीस तो तुम एक साल में ही कमा लोगी। जाने दो न यार।"

"मना नहीं कर रही हूँ, भैयू। लेकिन ये फ़ालतू के महँगे प्राइवेट कॉलेज में सिर्फ़ इसलिए तो नहीं भेज सकते कि वो हेप है और तुम्हारे स्टैंडर्ड को मैच

करता है। हेप चाहिए तो चाहे सिम्बी चले जाओ या स्टीफेंस, क्योंकि कॉलेज सिर्फ़ हेप नहीं अच्छा भी होना चाहिए। इसलिए कॉलेज ध्यान से चुन लो, फिर इसे डिस्कस करते हैं। और सुनो, तेरी पढ़ाई पर ख़र्च करने में मुझे कभी कोई ऐतराज़ नहीं है, इसलिए फ़ालतू बातें मत सोच, बस अच्छा कोर्स और अच्छा कॉलेज चुन।" स्वाति कड़े शब्दों में समझाकर चली गयी।

सार्थक की जितनी चिन्ता मालती देवी को थी उतनी ही स्वाति को भी थी। उसका दुर्भाग्य कि भाई के लिए उसकी सहज चिन्ता भी उसकी माँ को नाटक लगती। वो सिर्फ़ इतना चाहती थी कि सार्थक अपनी पढ़ाई ढंग के कॉलेज से करे। जबकि उसका ध्यान बस दोस्तों के साथ और कॉलेज की भव्यता पर था। स्वाति ने माँ और भाई दोनों को हर तरह से समझाया। बहुत से कॉलेज के फॉर्म ख़रीदे और सार्थक के लिए भरे। लेकिन वो कहीं प्रवेश परीक्षा न निकाल सका तो कोई कॉलेज माँ को बहुत दूर लगा। स्वाति ने सार्थक के लिए सही कॉलेज चुनने की कोशिश वैसे ही की जैसे उसके पिता भी करते। लेकिन उनकी तरह वो सख़्ती से अपने भाई को सही राह नहीं दिखा सकी।

काफ़ी उठापटक के बाद सार्थक ने पंजाब की एक बड़ी और प्राइवेट यूनिवर्सिटी में दाख़िला ले लिया। अब उसे पाँच साल पढ़ना था और स्वाति को इन पाँच सालों में अपनी नौकरी के साथ घर और मम्मी का ख़याल रखना था। शर्मा जी ने घर की संकल्पना की तो उन्होंने एक तीन मंज़िला भवन को इस लिहाज़ से बनवाया कि हर मंज़िल अपने आप में एक मुकम्मल घर या फ़्लैट की तरह इस्तेमाल हो सके। उनका मानना था कि कल को अगर स्वाति या सार्थक या उनके जीवनसाथी अपने सास-ससुर के साथ रहकर भी प्राइवेसी चाहें तो उसकी व्यवस्था पहले से होनी चाहिए। निचली मंज़िल पर बड़ा-सा हॉल, दो बैडरूम, मॉडुलर किचन, पोर्टिको और लॉन भी था। जबकि पहली और दूसरी मंज़िल पर किचन मॉडुलर लेकिन थोड़े छोटे थे, नीचे जैसे ही एक हॉल, दो बैडरूम के अलावा एक स्टडी रूम भी था। दोनों मंज़िल पर एल शेप बालकनी थी जिसका रास्ता हॉल और दोनों कमरों से भी था। स्टडी और किचेन की खिड़की उसी बालकनी में खुलती थी। शर्मा जी ने भविष्य की सोच कर ही इस घर की नींव रखी थी। जब भी उनकी पत्नी उन पर एक ही घर में तीन घर के बँटवारे की परिकल्पना का उलाहना देतीं तो वो कहते जीते जी सबके हिस्से सबको सौंप देने चाहिए वरना कितने भी सदाचारी बच्चे क्यों न हों घरों में क्लेश हो जाते हैं। 'पापा की सोच समय से आगे थी। बच्चे के आपस में क्लेश का उन्हें डर था लेकिन मम्मी के साथ मेरे सम्बन्ध ऐसे हो जायेंगे ये तो उन्होंने भी कभी नहीं सोचा होगा या शायद सोचा था' वो सोचते हुए मुस्कुरा रही थी। अब वो शर्मा जी को याद करके रोती नहीं थी। अब तो

उसका उनसे रोज़ का आत्मिक संवाद होने लगा था। वो मन-ही-मन उनसे बातें करती और उसका मन भी शर्मा जी की तरफ़ से उसे जवाब देता रहता। कभी-कभी तो मन का ये संवाद उसके होंठों पर आ जाता और जहाँ भी वो होती आस-पास के लोग उसे ख़ुद से बातें करते देख उचक जाते। पहले वो शर्मिन्दा हो जाती अब उसे ऐसा होने पर हँसी आती। स्वाति बदल गयी थी शायद यही बेहतर था और ज़रूरी भी।

अब जबकि उस घर में रहने के लिए सिर्फ़ दो लोग थे और सार्थक भी पढ़ने चला गया था तो स्वाति ने दोनों सेट किराये पर देने का निर्णय लिया। शुरू-शुरू में सिर्फ़ उसकी माता जी को ही नहीं उसे भी किरायेदारों का रहना अपने एकान्त में सेंध जैसा लगा। लेकिन सार्थक की फ़ीस के अलावा भी उसके बढ़े हुए ख़र्चों के लिए आय का बढ़ाया जाना बेहद ज़रूरी था। नोएडा के पॉश सेक्टर में इतना बड़ा घर होने का फ़ायदा उन्हें किराये में मिलने वाली अच्छी रकम से समझ में आने लगा। सार्थक और घर के ख़र्चे किराये से निकल जाते। पेंशन मम्मी के हाथ में आती जबकि फ़ीस भरने के बाद भी स्वाति के पास ठीक-ठाक बचत हो जाती।

अपने सभी दायित्वों का निर्वाह करती स्वाति पहले भी एम्बिशस नहीं थी लेकिन अब ज़िम्मेदारी के बन्धनों ने उसके व्यक्तित्व को काफ़ी दबा दिया था। नौकरी के अलावा उसके जीवन में कुछ भी नहीं था। 'कोई शौक़, कोई दोस्त, कोई ख़्वाहिश कुछ भी तो नहीं बचा। पापा चले गये तो साथ में सब कुछ विदा हो गया।' उसे किताबें पढ़ना पसन्द था, अब भी अलमारी में कितनी ही किताबें हैं जो अधपढ़ीं या बिनपढ़ी रखी हैं पर वो बस उन्हें उठाकर देखती है, उलट-पुलट के वापस रख देती है। स्वाति को लगता था कि अगर वो पन्द्रह-बीस दिन में एक बार पहाड़ पर नहीं जाये तो उसे साँस आना बन्द हो जाये। आख़िर दिल्ली एनसीआर को यूँ ही गैस चैम्बर नहीं कहा जाता। पापा थे तो हम कितना घूमते थे। प्रोजेक्ट पर जिस भी देश-प्रदेश में जाना पड़े वो हमेशा पिता की तरह ये सुनिश्चित करती कि उस जगह के आस-पास देखने लायक कौन-कौन सी जगह हैं। कई बार तो पिता का साथ भी मिलता। उन्होंने देश-विदेश की बहुत यात्राएँ की थीं और उन्हें हर जगह की ख़ासियत ज़्यादातर

पता होती। कहाँ घूमना है, कहाँ खाना है, कहाँ रहना है सब कुछ शर्मा जी ही तय करते। वो साथ नहीं जा पाते तो भी स्वाति के हर दौरे की रूपरेखा ख़ुद ही बनाते। 'उनके साथ हर यात्रा अपने अन्तर्मन की ओर बढ़ते कदम जैसी थी। सुकून देने वाली।'

हर दो-तीन हफ़्तों में पहाड़ों पर भाग जाने वाली लड़की बस घर से ऑफ़िस के बीच पेंडुलम सी झूलती रहती। अब वो अगर काम से यात्रा करती भी तो उसे रात की फ़्लाइट से घर लौटना होता क्योंकि मम्मी घर पर अकेली होतीं। कभी कहीं एक रात रुकना पड़ जाये तो मम्मी की तबीयत से ज़्यादा उनके तानों की चिन्ता रहती। अब रात को बाहर रहने का अर्थ सिर्फ़ अय्याशी था। मम्मी फ़ोन पर भी भाई से शिकायत करती और वो उलटे-सीधे मैसेज भेज-भेज कर और दिमाग़ ख़राब करता। अब वो छुट्टियों में घर न आकर दोस्तों के साथ घूमने चला जाता। तीज-त्योहार में भी वो साल में बमुश्किल एक बार घर आता। स्वाति को लगता था कि सार्थक बाहर पढ़ने जायेगा तो शायद उसका नज़रिया थोड़ा बेहतर हो लेकिन ऐसा नहीं हुआ। अब वो नशा करने लगा था। दूर रहकर उसे मम्मी की बतायी हर बात और ज़्यादा प्रभावित करती और फिर वो नशे में धुत स्वाति के साथ फ़ोन पर गाली-गलौज करता।

"रंडी साली। तू मर क्यों नहीं जाती।"

सार्थक के मुँह से अपने लिए गाली सुनना अब नया नहीं था। पढ़ाई को लेकर जब स्वाति उस पर सख़्ती करती थी तब वो मालती देवी के कहे वाक्यों को दोहरा कर उसे शॉक देता और बच जाता। स्वाति का दुःख और तिलमिलाहट उसके आँसू बन जाता। इतने सालों में कुछ नहीं बदला था। छोटे भाई के मुँह से अपने लिए ऐसे शब्द सुनकर उसका दिल हज़ार टुकड़ों में बिखर जाता। वो आज भी अपने, तुतलाकर उसे बुलाते और प्यार करते छोटे भाई को मिस करती। ख़ुद को सँभालकर उसने जवाब दिया, "अब क्या हो गया भैयू?"

"तेरे मुँह से भैयू अच्छा नहीं लगता। आज तूने मम्मी को बासी रोटी दी। सारे संस्कार बस दिखावे के लिए हैं क्या?"

"तुम्हारे जाने के बाद से खाना कुक ही बनाती है। बल्कि जब से ये घर बना तब से वही खाना बनाती है और जो मम्मी बनवाती हैं वही बनता है। मेरा

इसमें क्या दख़ल है? मम्मी मेरे आने से पहले खा चुकी होती हैं यार। तुम क्यों इन बेसिर-पैर की बातों पर रियेक्ट करते हो?"

"तो क्या मम्मी झूठ बोल रही हैं? शर्म नहीं आती तुमको। ख़र्चा उठाने का रौब जमाती हो।"

"नहीं, मैंने ऐसा कुछ कभी नहीं किया। लेकिन तुम बिल्कुल अक्ल के अन्धे हो चुके हो। यक़ीन ही नहीं होता कि तुम वही सार्थक हो जो मेरे बोलने से पहले हर बात समझ जाता था। जब तुमको मुझ पर भरोसा ही नहीं तो मैं कुछ भी कर लूँ तुम दोनों को ख़ुश नहीं कर पाऊँगी। अब कम-से-कम अपने नाम का ही मान रख लो और पढ़ाई में मन लगाओ। कुछ बन जाओ ताकि मम्मी तुम्हारे साथ सुख से रह सकें। ठीक?"

वो जानती थी सार्थक के इस व्यवहार और भाषा में सिर्फ़ उस अकेले की ग़लती नहीं थी। एक मासूम बच्चे को जब अचानक से पितृसत्ता में सिंहासन मिलता है तो उसे शासन कैसे करना है ये सिखाने का ज़िम्मा भी पितृसत्ता की छड़ी से प्रशिक्षित घर की महिलाओं को मिलता है। जिन अनुभवों से मम्मी ने सीखा था वही उसे सिखाया। माँ के हिसाब से तो शर्मा जी में सत्ता चलाने वाले गुण नहीं थे इसलिए सार्थक में उन्होंने शर्मा जी वाली कोई संवेदना या भावुकता से उत्पन्न कमी नहीं रहने दी।

शासक को भाषा में नरमी की नहीं, कठोरता की ज़रूरत होती है ताकि उसके आश्रित कभी अपनी हैसियत न भूलें। यहाँ स्वाति की जगह और हैसियत सिर्फ़ उस कर्ता की थी जिसके प्रभाव में उसके पिता ने ग़लत निर्णय लिये और पिता की मृत्यु के बाद उनके हर अधूरे काम को पूरा करना उसका उत्तरदायित्व भी था और दण्ड भी। उस अभागिनी को पिता के रहते पितृसत्ता चोट नहीं पहुँचा सकी। उसे जो लड़ाई लड़नी पड़ रही थी वो लड़ाई उसने चुनी नहीं थी। लेकिन लड़ाइयाँ बहुत से सबक देती हैं, संघर्ष मज़बूत बनाता है। उसे अफ़सोस था कि इस युद्ध में उसकी ढाल खो चुकी थी।

सभी दायित्वों का निर्वाह आप ठीक से कर सके या नहीं, ये आप तय नहीं करते। ये वो लोग तय करते हैं जिनका दायित्व आप उठा रहे हैं। एक तरफ़ उसे परिवार के व्यवहार का दुःख रहता तो दूसरी तरफ़ भाई की बिगड़ती

आदतों को लेकर चिन्ता। चार साल में देर रात तक पार्टी और स्टेटस सिम्बल के नाम पर अनाप-शनाप ख़र्च सार्थक की दिनचर्या बन चुके थे। साल भर में उसका एमबीए पूरा होने को था लेकिन अब वो नशे और सट्टे का भी आदी हो चुका था। मम्मी को अपने सुपुत्र के लिए स्वाति द्वारा चिन्तावश कही गयी बातें भी उसकी निन्दा लगतीं। सार्थक वैसे भी उसे कुछ समझता नहीं था इसलिए स्वाति का उसे समझाना और टोकना व्यर्थ था। वो जानती थी कि उसका छोटा भाई जिस राह पर चल निकला था वहाँ भविष्य भी उज्ज्वल नहीं था।

उल्लंघन

"स्वाति। हाई।" मेट्रो में एक अनजान आवाज़ ने अभिवादन किया।

स्वाति ने पलटकर देखा तो एक लम्बा सा आदमी उसे देखकर मुस्कुरा रहा था। एक पल उस आदमी और उसकी चेक की शर्ट पर उसकी नज़र ठहर गयी। उसने संकोच से पूछा,"हर्ष?"

शर्मा जी के निधन वाले दिन से उनकी तेरहवीं तक हर्ष ने उसके घर का हर छोटा-बड़ा काम निपटाया था। उसके बाद भी कुछ हफ़्ते तक वो राह चलते उसका और मम्मी का हाल पूछ लेता। वक़्त ज़रूरत कहीं जाना हो या कोई काम हो तो मम्मी उसे ही बुलातीं। उस वक़्त वो दिल्ली में नौकरी कर रहा था, फिर उसने नयी कम्पनी में नौकरी कर ली और दिल्ली से बाहर चला गया। कुछ साल पहले उसकी शादी का न्योता भी तो आया था। स्वाति अपनी ज़िन्दगी में इतनी उलझी थी कि उसे आसपास के लोगों की सुध ही नहीं थी। शर्मा जी को गये छह साल से भी ज़्यादा वक़्त हो चुका था और उसे हर्ष से मिले हुए भी।

"कहाँ हो आजकल?" स्वाति ने पूछा।

"मैं तो वापस दिल्ली। और तुम?"

"मैं तो वहीं हूँ।"

"गुड़गाँव में?"

"हाँ। और कहाँ।"

"सही है यार। मैंने इस बीच तीसरी नौकरी बदल ली और तुम एक जगह ही टिकी हो। यहीं से रिटायर होगी?" उसने हँसकर पूछा।

"मैं तुम्हारी तरह एम्बिशस नहीं हूँ न।"

"यू आर ए परफेक्ट फिट फॉर ए गवर्नमेंट जॉब।"

"हाहाहा, अच्छा।"

"और क्या। आज कल मिलते कहाँ हैं तुम जैसे टिकाऊ लोग।" दोनों हँसने लगे।

"रोज़ यहीं से मेट्रो लेते हो?"

"हाँ। कुछ दिन पहले भी तुम्हें देखा था। लेकिन तुम लेडीज़ कोच में थीं तो बात नहीं हो पायी। आज जैसे ही तुम्हें इधर देखा सोचा बात करूँ।"

"अच्छा किया।" उसने मुस्कुराकर आश्वस्त किया। राजीव चौक से दोनों ने साथ में येलो लाइन मेट्रो बदली और हौज़ खास पर हर्ष के उतरने तक दोनों बातें करते रहे। इतना लम्बा रास्ता कैसे कटा उसे आज पता ही नहीं चला।

कितना वक़्त हुआ स्वाति ने घर और ऑफ़िस के अलावा किसी से बेवजह बात ही नहीं की थी। ऑफ़िस के दोस्तों के साथ वैसे भी काम से जुड़ी बात ही ज़्यादा होती, या फिर बॉस की बुराइयाँ। एक अनुष्का से काम के अलावा भी थोड़ी बहुत बात होती थी लेकिन वो अपने पति के स्टार्टअप को स्थापित करने में व्यस्त थी। वो दिन भर ऑफ़िस के काम के साथ-साथ पति के स्टार्टअप पर भी काम करती। उसके वीकेंड्स पति के ऑफ़िस में निकलने लगे। अब उसके पास बैठने और बातें करने का वक़्त नहीं रहता। ऐसे में आज हर्ष से मिलना उसे बहुत अच्छा लगा।

जब तक शर्मा जी थे रोज़ के रोज़ वो कितनी बातें करती थी। उनके साथ सुबह के अख़बार के साथ ख़बरों पर चर्चा शुरू होती। राजनीति और राजनेताओं की बात होती। जब वो ऑफ़िस से वापस आते तो उससे अपनी दिनचर्या बताते और वो अपनी पढ़ाई के बारे में बताती। जब वो बाहर पढ़ने गयी तो वो पापा को लम्बी चिट्ठियाँ भेजती। जब से वो वापस एनसीआर आ गयी थी तो अक्सर ऑफ़िस से लौटती हुई लोधी रोड पर उनके ऑफ़िस आ जाती। दोनों रास्ते भर बतियाते हुए वापस घर आते। उन्हें स्वाति का काम बहुत रोचक लगता था। स्वाति जब दूरदराज़ की लोकेशंस में काम के लिए जाती तो वो उसकी यात्राओं के बारे में कौतूहल से पूछते। गाँवों तक शिक्षा पहुँचाने के साथ वो महिलाओं में स्वच्छता और मासिक धर्म सम्बन्धित जागरूकता

पर बहुत से अभियान करती। महिलाओं के लिए रोज़गार और सहायता के लिए जितना जोश स्वाति में था उतना ही सहयोग शर्मा जी भी देते। जब से ये वाला घर बन गया था रोज़ शाम को खाने के बाद वो दोनों टहलने निकलते तो देश-दुनिया से जुड़ी तरह-तरह की बातें होतीं। किसी दिन वो सुबकती हुई उन्हें बताती कि वो जिस उपन्यास को पढ़ रही थी उसका नायक मर गया तो शर्मा जी उसे सान्त्वना देते। किसी दिन शर्मा जी उसे अपनी पढ़ी किसी कविता के अंश सुनते और वो मन्त्रमुग्ध उन्हें सुनती। जब भी पिता जी किसी मुशायरे या कवि सम्मेलन का निमन्त्रण लाते तो वही साथ जाती। मम्मी को गाने के प्रोग्राम पसन्द थे लेकिन कविताएँ उन्हें नीरस लगतीं। पिता के साथ बीते अच्छे पल याद करके वो ख़ुश रहना सीख गयी थी। लेकिन पिता को याद करे और माता को भुला पाये ये सम्भव नहीं था। उसकी उम्र तीस के पार हो गयी थी। 'भाई की पढ़ाई पूरी होने में साल भर का समय था। नौकरी लगते, अपने पाँव पर खड़े होते कुछ एक साल और लगेंगे। सारे काम पूरे होते ही कहीं बाहर की पोस्टिंग लेकर यहाँ से निकल जाऊँगी।' उसे लगता था कि एक बार सार्थक आत्मनिर्भर हो गया तो वो अपनी ज़िम्मेदारियों और मम्मी के तानों से मुक्त हो जायेगी। स्वाति जब ऑफ़िस ने निकलने लगी तो उसे हर्ष का ख़याल आया। उसने हौज़ खास मेट्रो स्टेशन पर इधर-उधर देखा लेकिन हर्ष नहीं दिखा। 'अरे उसके लौटने का टाइम मुझसे मैच करे ये ज़रूरी तो नहीं।' उसे हँसी आ गयी।

घर पहुँचते-पहुँचते रोज़ ही उसे क़रीब आठ बज जाते। मम्मी जितना भी कहें कि उन्हें उससे कोई मतलब नहीं है फिर भी वो बाहर पोर्टिको में झूले पर मिलतीं। उसको ठीक-ठाक घर में घुसते देखकर उनकी आँखों में राहत की झलक स्वाति को साफ़ दिखती। उस एक पल के लिए उनकी कठोरता का आवरण ढलक जाता। स्वाति जानती थी कि मम्मी एक दिन ज़रूर पिघल जायेंगी। पहले की तरह उससे ठीक से बात करेंगी। जब वो ख़ुशी से उनसे लिपट जायेगी तो हाथ नहीं झटकेंगी। एक दिन ऐसा ज़रूर होगा।

स्वाति गुनगुनाती हुई सीधे अपने कमरे में चली गयी। पहले वो ऑफ़िस से जब आती थी तो हाथ-मुँह धोकर बैठक या पोर्टिको में परिवार के साथ बैठती थी। वहाँ कुछ देर गप्पें होतीं फिर सब खाने की मेज़ पर जाते। अब ऐसा नहीं होता है। वो जब तक फ्रेश होकर आती तब तक मम्मी खाना खाकर अपने

कमरे में जा चुकी होतीं। वो कुछ देर के लिए अकेले बैठकर खाना खाती और फिर छत पर टहलने चली जाती। अब वो बाहर सड़क पर नहीं टहलती। आज उसके दिमाग़ में पिता की सुन्दर स्मृतियाँ घुमड़ रही थीं। तभी उसे पास की छत पर एक साया दिखा। 'कोई और भी है इस कॉलोनी में जो छत पर टहलता है।' अँधेरे में उसे साये के सिवा कुछ नहीं दिखा। 'मम्मी ने आसपास की छत पर किसी को टहलते देख लिया तो मेरा यहाँ टहलना भी बन्द हो जायेगा।' वो धड़धड़ाती नीचे उतर आयी।

बिस्तर पर औंधी लेटी स्वाति अपने हाथ में 'अन्तिम अरण्य' उठाये निर्मल के शब्द सम्मोहन में बँधी डूबती-उतराती रही। जब तक पापा थे वो हिन्दी साहित्य नहीं पढ़ती थी। उनके जाने के बाद से वो उनकी पूरी लाइब्रेरी को चाट गयी है। उनकी पढ़ी किताबें हाथ में लेकर उसे पिता के साथ की अनुभूति होती। उनकी किताबें छूकर, उन्हें पढ़कर वो ख़ुद को उनकी समझ के थोड़ा और क़रीब पाती। ये किताबें न होतीं तो इस माहौल में रहना उसके लिए आसान नहीं था। किताबों में डूबकर वो इस संसार से मुक्त हो जाती। पात्रों के दुःख और विरह उसके दुःख के साथी बन जाते। उनके शोक में वो अपना शोक बिसरा देती।

शर्मा जी ने समाज द्वारा बेटियों के लिए बने कई नियमों का उल्लंघन किया था। उन्होंने बेटी के होने पर उत्सव मनाये। उन्होंने स्वाति के लिए वो वातावरण बनाया कि अपनी समझ विकसित कर सके। उस पर अपने फ़ैसले थोपे नहीं। जो चाहा वो उसने पढ़ा और अपने करियर को चुना। अपनी पसन्द की नौकरी की और वो रहते तो शायद अपनी पसन्द से शादी भी करती। नहीं, वो तो हमेशा से ही शादी नहीं करना चाहती थी। अमन के साथ उसकी ज़िन्दगी में प्यार दबे पाँव चला आया था। अमन के जाने का मातम उसने बहुत लम्बे समय तक मनाया था। उसे आश्चर्य होता कि कैसे एक अनजान व्यक्ति आपकी ज़िन्दगी में आता है और आपकी ज़िन्दगी का सबसे महत्त्वपूर्ण अंग बन जाता है। अमन के जाने पर उसे एहसास हुआ कि कैसे प्यार में हम ख़ुद किसी को अपनी ज़िन्दगी पूरी तरह से उलट-पुलट करने का अधिकार दे देते हैं। दरअसल हम ख़ुद ही उन्हें वो स्थान देते हैं जहाँ से वो हमें बना भले न सकें, लेकिन हमें मिटा सकने की उन्हें पूरी सामर्थ्य मिलती

है। कितना अच्छा होता कि कोई साथ-साथ जीने में, सीखने में, ख़ुश रहने में यक़ीन करता ना कि रिश्ते को रिमोट से चलाने में। स्वाति को एहसास था कि अमन से मिली चोट में अमन से ज़्यादा उसकी अपनी ग़लती थी। 'ग़लत नहीं कहते हैं हमारे पुरखे, प्यार में लोग अन्धे हो जाते हैं और मैं तो अक्ल से भी अन्धी हो गयी थी।'

अपने पिता का अनुसरण करते हुए उसने भी अतीत में कई रवायती नियमों का उल्लंघन किया था। अब जब पिता नहीं है तो वो मम्मी के नियमों में बँध चुकी है शायद मम्मी ने बाँधा नहीं है पर उनकी घृणा से बचने के लिए उसने स्वयं बँध जाना चुन लिया था। अब घर और ऑफ़िस से अलग उसकी कोई दुनिया, कोई दोस्त नहीं। यहाँ तक कि उसका अपना सोशल मीडिया अकाउंट भी एक दिन घर के नये मुखिया सार्थक ने डिलीट कर दिया था। वजह थी उसकी तस्वीर पर आयी हुई कुछ टिप्पणियाँ जो लड़कों ने की थीं। कुछ भी सनसनीखेज न था। न ही तस्वीर न ही कमेंट। उस दिन सार्थक ने स्वाति को मारने के लिए हाथ भी उठा दिया था, वो तो भला हो उसके रिफ्लेक्स का जो उसने सार्थक का हाथ पकड़ लिया। वो नहीं चाहती थी कि ऐसी स्थिति फिर बने तो उसने दोबारा कभी सोशल मीडिया एकाउंट नहीं बनाया। जबकि अपने प्रोजेक्ट के सोशल मीडिया एकाउंट्स को वो ख़ुद मॉनिटर करती है, लेकिन अब वो ख़ुद सोशल मीडिया पर नहीं थी। मम्मी और उनके राजा बेटे ने जो तय किया उसने मान लिया। मान लेना आसान था। वो उनसे मिलने वाले तिरस्कार से डरती नहीं थी, लेकिन उसे ये ज़रूर लगता था कि सार्थक का हाथ एक बार खुल गया तो रिश्ता ख़त्म ही हो जायेगा। उल्लंघन की स्थिति में रिश्ते खोने का डर उसे बाँधे था।

"स्वातिईईई" हर्ष ने ज़ोर की आवाज़ लगायी।

"अरे! हम आज फिर मिल गये।"

"हाँ! तुम हफ़्ते भर में एक भी बार नहीं दिखीं।"

"अच्छा! मैं तो रोज़ इसी वक़्त यहीं से मेट्रो लेती हूँ।"

"हाँ क्या? मेरा टाइम फिक्स नहीं रहता। कायदे में मुझे भी इस वक़्त मेट्रो में होना चाहिए। लेकिन लेट हो जाता हूँ।"

"हाहाहा। मैं समझती हूँ।"

स्वाति को सीट मिल गयी थी जबकि हर्ष खड़ा रहा। ऐसे में मेट्रो की भीड़ में बात करना मुश्किल हो रहा था। आज पिछली बार जितनी बातें नहीं थीं। दोनों ने अपने-अपने कान में ईयर प्लग लगाकर गाने चला लिए। स्वाति कान में बजते गानों के साथ अक्सर खो जाती। उसकी भाषा में इसे 'ज़ोन आउट' होना कहते हैं। ऐसे में उसकी निगाह कहाँ टिक जाती उसे पता नहीं चलता। अक्सर उसके ज़ोन आउट होने पर वो खिड़की बाहर खोयी सी देखती रहती। कभी किसी इन्सान पर निगाह टिक जाये तो होश में आने पर बहुत घबरा जाती। आज उसकी इस ठहरी निगाह के नीचे हर्ष असहज हो रहा था। उसे पहले लगा कि उसके चेहरे पर कुछ लगा है इसलिए स्वाति उसे एकटक देख रही है। उसने चेहरा पोंछ लिया। फिर भी स्वाति की निगाह नहीं हटी तो उसने पूछा, "क्या हुआ स्वाति? तुम ठीक हो?"

स्वाति ने हड़बड़ाकर आँखें नीची कर लीं। राजीव चौक आ गया और दोनों उतरकर येलो लाइन के लिए नीचे उतर गये। नीचे पहुँचे तो मेट्रो चलने वाली थी इसलिए दोनों सामने पड़े डिब्बे में झट से चढ़ गये। स्वाति ने सोचा था कि वो लेडीज़ कोच में जायेगी लेकिन जल्दी में वो फिर हर्ष के साथ ही मेट्रो में चढ़ गयी। मेट्रो की भीड़ में दोनों ने किसी तरह पैर जमाये और साथ में खड़े हो गये। हर्ष ने अपना सवाल दोहराया।

"तुम ठीक हो?"

"हाँ।" उसने नज़रें मिलाये बिना जवाब दिया।

"कहाँ खोयी हुई थीं। मुझे लगा मेरे चेहरे पर छाछ की मूँछें बनी हैं इसलिए तुम ऐसे देख रही हो।" वो हँसकर बोला।

"मैं ज़ोन आउट हो गयी थी।"

"सही ट्रिक है यार। शरीर कहीं भी हो आत्मा ट्रेवल करने निकल गयी।" हर्ष ने ठहाका लगाकर बोला।

स्वाति झेंप गयी फिर सँभलकर बोली, "तुम्हारी शक्ल देखकर किसी की भी आत्मा डिपार्चर कर जाये।"

"शक्ल का मज़ाक़ बना रही हो, रेसिस्ट लड़की।" दोनों हँसते हुए एक-दूसरे से नोक-झोंक करते रहे। हौज़ खास पर हर्ष उतर गया। स्वाति बहुत देर तक हर्ष के साथ हुई मज़ेदार बातचीत के बारे में सोच-सोचकर मुस्कुराती

रही। हर्ष मज़ाकिया है और स्वाति हाज़िरजवाब; इतनी वाहियात परिस्थिति में भी दोनों ने कुछ हँसने लायक ढूँढ़ लिया था।

हर्ष के पिता शुक्ला जी उसके पिता के सीनियर ऑफ़िसर और घनिष्ठ मित्र थे। जीवन में दो बार ऐसा हुआ था जब शुक्ला जी और शर्मा जी की पोस्टिंग एक ही शहर में हुई थी। एक बार जब उन्हें कलकत्ता में पोस्टिंग मिली तब हर्ष और स्वाति स्कूल में थे। स्वाति आठवीं में और हर्ष ग्यारहवीं में। दोनों एक ही स्कूल में जाते। भाषा की समस्या के चलते दोनों घर के बाहर साथ ही रहते। खेलना हो या किसी कल्चरल प्रोग्राम में भाग लेना हो दोनों की जोड़ी हिट थी। शर्मा जी के स्वैच्छिक रिटायरमेंट लेने से पहले उनकी दिल्ली पोस्टिंग में भी दोनों ऑफ़िसर्स कम्पाउंड में पड़ोसी रहे थे। उसी दौरान दोनों मित्रों ने दिल्ली से सटे नोएडा को अपना पोस्ट रिटायरमेंट होम बनाने का फ़ैसला लिया था। वैसे भी शुक्ला जी का गाँव हापुड़ और शर्मा जी का गाँव मथुरा में था। उस वक़्त हर्ष आईआईटी दिल्ली से इंजीनियरिंग के तीसरे वर्ष में था। जबकि स्वाति ने उसी साल किरोड़ीमल में दाख़िला लिया था। इंजीनियरिंग के बाद हर्ष एक मल्टीनेशनल में यूएस चला गया। उस वक़्त स्वाति भी मुम्बई में थी। जब वो लौटकर आयी और उसने 'चेंज मेकर्स' ज्वाइन की।

हर्ष के यूएस जाने से लेकर, शर्मा जी के निधन तक स्वाति हर्ष से नहीं मिली थी। उस वक़्त वो घर आया हुआ था। उसके साथ कोई मराठी लड़की भी आयी हुई थी। पूरे मोहल्ले में शुक्ला जी की होने वाली बहू के चर्चे थे। वो दोनों पिछले कई साल से साथ में ही रह रहे थे। घर से शादी का दबाव बढ़ा था शायद इसीलिए वो दोनों साथ में भारत आये थे। लड़की यूएस में ही पली-बढ़ी थी इसी से या तो एक्सेंटेड अंग्रेज़ी बोलती थी, या मराठी। उसकी टूटी-फूटी हिन्दी मम्मी को बहुत प्यारी लगी थी। किसी प्रसंग में उन्होंने बताया था। पहले मम्मी का मोहल्ले के घरों में उठना-बैठना था और इसी के चलते घर के बाक़ी सदस्य भी आसपास के लोगों और परिवारों की ज़िन्दगी से परिचित थे। मम्मी उनके सब पहलू रेडियो की ख़बर की तरह पापा को सुनाती, तो उसे और सार्थक को भी सब सुनने मिल जाता।

अचानक जब शर्मा जी की मृत्यु हुई तो सगे-सम्बन्धियों से ज़्यादा साथ शुक्ला जी के परिवार ने दिया था। सार्थक उस वक़्त छोटा था तो बेटे के हर

काम को हर्ष ने उसके साथ आगे बढ़ कर पूरा किया था। पिता के जाने के बाद से स्वाति अपने दु:ख और घर की परेशानियों में इतना खो गयी कि उसने किसी की सुध ही नहीं ली। पिछले छह साल से हर्ष कहाँ रहा, कैसे रहा इसकी ख़बर स्वाति को नहीं थी। हालाँकि शुक्ला अंकल और आंटी का उसके घर आना-जाना पहले से कम हुआ है लेकिन बन्द नहीं हुआ। उसकी अपनी माता से कोई बात ही नहीं थी जो आस-पड़ोस की कोई बात उसे पता होती। लेकिन उसे अच्छे से याद था कि हर्ष की शादी का कार्ड देने अंकल और आंटी दोनों साथ आये थे। मम्मी और सार्थक शायद गये भी थे। वैसे वो ख़ुद में ही गुम थी लेकिन अब तक उसने हर्ष की पत्नी को नहीं देखा था। 'शायद वो साथ में इंडिया ना आयी हो। लेकिन हर्ष तो यहाँ पर जॉब कर रहा है। इस बार जब मिलेगा तब पूछूँगी।'

पिछले दो हफ़्तों में हर्ष दो बार स्वाति से टकराया था। अब जब उसके पास सवाल हैं और वो रोज़ उसे ढूँढ़ रही थी तो वो उसे एक भी दिन नहीं दिखा। पूरे हफ़्ते एक भी सुबह हर्ष उसे नहीं मिला। शुक्रवार की शाम वापसी आसान होती है। रोज़ के मुक़ाबले उसे भीड़ कम लगती है। ज़्यादा लोग राजीव चौक उतरकर सीपी चले जाते हैं। शुक्रवार की शाम सीपी की रौनक अलग होती है। कई बार वो अमन या फिर अपने ऑफ़िस के दोस्तों के साथ भी यहाँ आती थी। जब से अनुष्का बिजी हो गयी है टीम की पार्टी भी साइबर सिटी में हो जाती है। उसके पापा के जाने के बाद उसका सीपी आना जो जैसे छूट ही गया। उन्हें तो शॉपिंग के लिए भी मॉल जाना नहीं पसन्द था। नोएडा के बड़े-बड़े मॉल छोड़कर वो हमेशा सीपी आते। यहाँ घूमना उन्हें पसन्द था। मम्मी को मॉल का एसी पसन्द था और पापा को सीपी की रौनक। स्वाति नहीं जानती कि उसे ज़्यादा क्या पसन्द था। उसे वो सब पसन्द था जो उसके पसन्दीदा लोगों को पसन्द था। ख़ैर शुक्रवार है तो ब्लू लाइन पर सीट मिलना आसान हो जाता है। वो तेज़ी से ब्लू लाइन की तरफ़ बढ़ती हुई सीढ़ियाँ चढ़ रही थी कि एक रौबीली आवाज़ ने उसका रास्ता रोक लिया।

"और भाई टॉपर! कहाँ?"

"हर्ष!!! कितने दिनों से तुम्हें ढूँढ़ रही हूँ?"

"मुझे?" उसने आश्चर्य से पूछा।

"और क्या! रोज़ मेट्रो स्टेशन पर देखती हूँ पर तुम मिलते ही नहीं।"

"अरे! इतनी शिद्दत से ढूँढ़ा तुमने, देखो मिल गया न।" उसके चेहरे पर हमेशा ही स्निग्ध मुस्कान रहती।

"हाँ। आज मिले हो जब हफ़्ता ख़त्म हो गया। चलो, मेट्रो में बात करते हैं।"

"हफ़्ता ख़त्म हुआ है, ज़िन्दगी नहीं। बताओ क्या बात करनी है?"

"ऐसे क्या बताओ, बहुत सारी बातें हैं। चलो मेट्रो निकल जायेगी।"

"मेट्रो में क्यों? ज़्यादा बातें करनी हैं तो चलो बाहर चलते हैं।"

"सी पी?"

"हाँ, राजीव चौक पर खड़े होकर और कहीं क्यों जाना है!"

"अरे नहीं। देर हो जायेगी।"

"तो तुम्हे कौन-सा घर जाकर मोहनजोदड़ो की खुदाई करनी है। चलो न यार।" स्वाति की ना सुने बग़ैर वो बेधड़क राजीव चौक से बाहर की तरफ़ निकलने लगा। उसे फिर से मना करने में स्वाति को संकोच महसूस हुआ तो वह भी उसके पीछे-पीछे चल दी। हर्ष हमेशा से ऐसा ही था, बिन्दास। बात करता तो दाँत हमेशा बाहर रहते। किसी भी बात का सीधा जवाब देना उसकी फ़ितरत में नहीं था या शायद वो ज़्यादा ही सीधा जवाब देता जो दुनियावी समझदारी वाला नहीं बस सीधा-सादा होता और कभी तो कटाक्ष होता।

दोनों राजीव चौक से बाहर आकर इ ब्लॉक की तरफ़ चल दिये। हर्ष यूनाइटेड कॉफ़ी हॉउस में घुसा तो स्वाति ने टोका, "यहाँ चाय पिओगे?"

"तुम कुछ और पीना चाहो तो वो भी मिलता है?" उसने सहजता से कहा।

"बेमतलब महँगा है, इतने कॉफ़ी हाउस हैं कहीं और चलते हैं।"

"तुम्हें क्या हो गया 'चाउमीन', तुम कब से महँगा सस्ता देखने लगीं।" वो स्वाति का हाथ पकड़कर उसे अन्दर ले आया। उसने दरवाज़े के पास खड़े कैप्टेन से कहा, "टेबल फॉर टू।"

"श्योर सर, दिस वे" वो हाथ से रास्ता दिखाता उन्हें बार काउंटर के पास बनी दो लोगों वाली मेज़ पर बैठा गया। स्वाति को थोड़ा अजीब लग रहा था। पहली बार हर्ष के साथ अकेले बाहर आयी थी और वो भी पापा के बर्थडे स्पेशल वेन्यू पर। शर्मा जी का जन्मदिन हमेशा सीपी के इसी रेस्टोबार में मनाया जाता था। उन्हें ये जगह पसन्द थी एम्बिएंस और शान्ति के लिए। यहाँ बिना शोर के ड्रिंक्स और डाइनिंग दोनों उपलब्ध थे।

स्वाति को खोया हुआ देखकर हर्ष बोला, "याद है अंकल के बर्थडे पर यहाँ आते थे। बात करने लायक़ माहौल, हल्का म्यूज़िक इससे बेहतर क्या हो सकता है?"

"वो तो है। तुम्हें याद है, पापा की पार्टीज में उन्हें और शुक्ला अंकल को ढूँढ़ना मुश्किल हो जाता था। दोनों हम सबको नीचे छोड़कर अपनी चौकड़ी के साथ अलग टेबल पर ऊपर जम जाते थे।"

"हाँ, यहाँ नीचे तो मम्मी और आंटी उनकी बैंड बजा देती थीं। बच्चों के सामने पीना गुनाह था गुनाह।" दोनों ठठाकर हँस पड़े, "बताओ, क्या लोगी?"

"जो तुम चाहो?"

"मेरा तो फ्राइडे है। तुम्हारे लिए भी बियर मँगा दूँ?" उसने गम्भीरता से पूछा।

"नहीं, मैं नहीं पीती। मेरे लिए कोल्ड कॉफ़ी।"

"ठीक है, कुछ खाओगी?

"नहीं।"

हर्ष ने अपने लिए बियर और स्वाति के लिए कॉफ़ी आर्डर की। साथ में फ्राइड पीनट्स और पोटैटो वेजेस भी। ऑर्डर से फ़ारिग होकर वो स्वति की तरफ़ मुड़ा, "अब बताओ, क्या बात करनी थी?"

"पहले ये बताओ कि तुमने मुझे 'चाउमीन' क्यों बोला?" उसने आँखें तरेरकर पूछा।

"भूल गयीं? बचपन से लेकर अभी कुछ साल पहले तक, कलकत्ता से लेकर दिल्ली तक जब भी हमारे परिवार साथ में बाहर जाते, तो तुम सिर्फ़ चाउमीन ही आर्डर करती थीं।"

"नहीं। ऐसा नहीं था।"

"झूठी। लोकल तो लोकल जब हम लोग आउटस्टेशन वेकेशन में जाते थे तब भी यही था। यहाँ तक कि वैष्णो देवी की चढ़ाई पर ढाबों में भी जब हम लोग रोटी, राजमा, चावल खाते तो तुम चाउमीन की डिमांड करती थीं।"

"कुछ भी।" स्वाति झेंप गयी। उसके कान तक शर्म की लाल रेखा खिंच गयी। 'कितना कुछ याद है इसे। और कितना कुछ भूल गयी हूँ मैं।'

हर्ष ने ज़ोर-शोर से पोल खोल कार्यक्रम शुरू कर दिया। वो एक के बाद एक क़िस्से बताता जाता और स्वाति की टाँग खिंचाई करता। वो भी उसे पढ़ाकू कीड़ा और जाने क्या-क्या कहकर बदला लेती। दोनों को खाते-पीते, गप्पें मारते हुए वक़्त का पता नहीं चला। स्वाति के फ़ोन में अलार्म बजा।

"अरे, साढ़े दस बज गये।"

"रात के अलार्म कौन लगाता है?"

"मैं! मम्मी को दवा देनी होती है। चलो घर चलते हैं।" स्वाति ने फटाफट कॉफ़ी का आख़िरी घूँट उड़ेलते हुए बोला। हर्ष ने यथासम्भव जल्दी अपना पिचर ख़त्म किया। तब भी बिल आते और भरते उन्हें पन्द्रह-बीस मिनट और

लगे होंगे। दोनों साथ ही मेट्रो की तरफ़ भागे आख़िरी मेट्रो छूटने को ही थी। दोनों लपककर उसमें चढ़ गये।

"बच गये, वरना कैब लेनी पड़ती।" स्वाति ने चैन की साँस ली।

"हाँ, लेकिन इस वक़्त सड़क पर इतना ट्रैफ़िक नहीं मिलता।"

"वो भी है। पर दिल्ली से नोएडा जाने को ड्राइवर तैयार नहीं होते। दो-चार कैब कैंसिल होकर कोई मिलता वो भी दुगने पैसे लेकर मानता।"

"कितना पैसा-पैसा करने लगी हो 'चाउमीन'।"

"ख़बरदार मुझे ये बुलाया तो।"

"ये तो नहीं होगा।" वो हँसा।

"ठीक है दुष्ट लड़के। वैसे ये आईआईटी वाले पढ़ाकू कीड़े तो अच्छा कमाते हैं, तब क्यों मेट्रो से जाते हैं?"

"यहाँ ड्राइव करना बहुत स्ट्रेस्फुल है। मेट्रो इज़ ए सेवियर।"

"ये तो है। मैं तो गुड़गाँव में नौकरी ही न कर पाऊँ अगर रोज़ ड्राइव करके जाना पड़े।"

"तुम तो रहने दो चाउमीन। तुम तो स्कूल भी कार से जाती थीं। तुम्हें स्कूल बस से भी दिक़्क़त थी।"

"नहीं, दिक़्क़त नहीं थी। वो बस नयी जगह एडजस्ट होने में टाइम लगता है। जब तक कलकत्ता से प्यार हुआ पापा का ट्रांसफ़र चेन्नई हो गया। हम तो बंजारे ही रहे।"

"कितना प्यारा था वो ट्रांसफ़र वाला जीवन। हर बार सब कुछ नये सिरे से शुरू करना। नयी जगह, नया स्कूल, नये दोस्त; मुझे बहुत पसन्द था यार।"

"मुझे बार-बार सब कुछ बदल जाने से दिक़्क़त थी। पापा का ट्रांसफ़र उनके सब साथियों से कहीं ज़्यादा होता था।" स्वाति बोलते-बोलते चुप हो गयी। मुस्कुराहटें ग़ायब हो गयीं। दिल गहरी उदासी में डूब गया। उसकी बुझी आँखें बहुत-सा दुःख समेटे थीं।

"ईमानदार इन्सान को सिस्टम और समाज मिलकर ठगते हैं।" हर्ष ने ढाढस बँधाया लेकिन उसका चेहरा म्लान हो गया था। कुछ देर पहले ठहाके लगाते दो लोग रात की आख़िरी मेट्रो के सन्नाटे में खो गये। इस वक़्त मेट्रो में बहुत कम सवार थे। मेट्रो की रफ़्तार के साथ ही दोनों अपने-अपने अतीत में

गोते लगा रहे थे। यादों में डूबते-उतराते इन दो लोगों की आँखें एक-दूसरे पर टिक जातीं तो फीकी सी हँसी हँस देते। जीवन भी तो ऐसे ही था बस बीतता जा रहा था लेकिन कहीं पहुँच नहीं रहा था।

देर रात घर पहुँची स्वाति को उसकी मम्मी इन्तज़ार करती पोर्टिको में ही थीं। उन्होंने पूछा, "ऑटो को पैसे नहीं दिये?"

"पहले दे दिए थे।" स्वाति ने मम्मी को नहीं बताया कि ऑटो में हर्ष भी था और उसने अपने घर पर उतर के पैसे दे दिए होंगे। उसे डर था कि एक लड़के का नाम सुनकर उस पर अभी तरह-तरह के आक्षेप लगने लगेंगे। अभी तक अनाम लड़कों के नाम से चरित्र पर सवाल उठते थे, अनाम को नाम मिल गया तो अनर्थ हो जायेगा। क्या पता मम्मी शुक्ला अंकल के घर जाकर कोई तमाशा कर दें। या हर्ष को कुछ भला बुरा कहें। 'नहीं, मुझे चुप रहना होगा।' वैसे किसी के सामने मम्मी कभी भी कुछ ऐसा न कहती और करती हैं जिसे आपत्तिजनक कहा जा सके। उनके ताने और इल्ज़ाम अब तक बन्द कमरों और अकेले में निकलते थे। इसीलिए वो उनके साथ अकेले होने से बचती थी। हालाँकि सार्थक के अन्दर मम्मी की ये ख़ूबी नहीं हैं। वो कहीं भी कभी भी कुछ भी बोल देता। जिसे अब तक तो मम्मी सँभाल ही लेती थीं। बाहर वालों के लिए वो गोपाल प्रसाद शर्मा की विधवा थीं जो एक मृदुल भाषी सम्भ्रान्त महिला हैं। जबकि सार्थक की छवि अब बिना बाप के बिगड़े हुए नवाबज़ादे जैसी हो गयी थी जिसे माँ और बहन दोनों का लिहाज़ नहीं था। और स्वाति, उसके बारे में लोग क्या सोचते थे? क्या सोचता है समाज एक ऐसी लड़की के बारे में जिसके पिता की असमय मृत्यु हो गयी और जिसके कन्धे पर परिवार के भरण-पोषण की ज़िम्मेदारी थी? एक लड़की जिसने उम्र रहते शादी नहीं की ताकि उसका भाई ठीक से पढ़-लिखकर स्वाबलम्बी बन जाये? शायद बेवकूफ़ कहते होंगे। अब उसे पीठ पीछे लोग अधेड़ और कुण्ठित भी कहने लगे थे। कहते हैं शादी की उम्र में शादी न हो तो लड़कियाँ कुण्ठित हो जाती हैं। शायद इसीलिए अब उसे घर, बाहर यहाँ तक कि ऑफ़िस में मिलने वाला और जानने वाला हर दूसरा-चौथा आदमी वासना का भूखा मिलता। कुछ लोग अपनी भूख को प्रेम और पसन्द के लिबास में लपेट कर पेश करते, तो कोई उसकी बढ़ती उम्र में उसकी आकांक्षाओं पर चिन्ता जता कर। लेकिन मौक़ा

मिलने पर ज़्यादातर आदमियों ने यही कोशिश की थी।

ऐसा नहीं था कि उसके लिए अच्छे घरों से रिश्ते नहीं आये। पिता के जाने के बाद रिश्तेदारों और शुभचिन्तकों ने श्रीमती मालती देवी शर्मा को स्वाति के लिए बढ़िया रिश्ते सुझाये। लेकिन वो हर रिश्ते में कोई न कोई कमी निकाल लेतीं। स्वाति को दिन-रात उसकी ज़िम्मेदारी का पाठ घुट्टी की तरह पिलातीं, मालती देवी अलग-अलग कारणों से रिश्ते मना कर देतीं। कई बार स्वाति को ही रिश्ते तय ना होने का कारण बताया जाता। स्वाति का मन अमन के बाद से ही कुछ टूटा कुछ उदास रहा। उसे न पति की चाह थी न प्रेमी की। कोई देखने वाले ठीक लगते तो वो उनसे शादी के बाद भी अपने परिवार की ज़िम्मेदारी उठाने देने की बात रखती। ऐसे में लड़के अगर मान भी जायें उनके माता पिता को बहु की कमाई का लुटाया जाना गवारा न होता और बात बनते-बनते बिगड़ जाती। कहीं-कहीं परिवार और लड़का दोनों सार्थक की पढ़ाई पूरी होने तक इस शर्त को मानने को तैयार हो जाते तब मालती देवी को उनकी नीयत पर भरोसा नहीं आता और बात आगे नहीं बढ़ती।

अब भारतीय मानकों के हिसाब से उसकी शादी का समय निकल चुका था। हालाँकि अब भी कुछ रिश्तेदारों ने हार नहीं मानी है, किसी न किसी तलाक़शुदा या दुहेजू के रिश्ते अब भी आते रहते हैं। लेकिन अब स्वाति को बस एक चाह थी शायद कि मम्मी एक बार उसे स्नेह से गले लगा लें और सार्थक पहले जैसे उसकी इज़्ज़त करे। इस जन्म में ये पूरा होता न उसे दिख रहा था न नियति को।

'हर्ष से उनकी पत्नी के बारे में तो पूछा ही नहीं। अबकी मिलेगा तब पूछूँगी' स्वाति हर बार मिलने के बाद यही सोचती। अक्सर उससे मेट्रो भेंट हो जाती। दोनों ऑफ़िस की बातें करते, कभी बचपन की कहानियों के दौर चलते, जिनके पूरा होने के पहले हौज़ खास आ जाता और हर्ष उतर जाता। कभी बस इधर-उधर की बातें होतीं और दोनों अपने-अपने रास्ते निकल जाते।

पिछले सालों में स्वाति ने ख़ुद के साथ ख़ामोश रहना सीखा था। वो, उसके ईयर प्लग, उसकी प्लेलिस्ट; उसके मेट्रो के सफ़र के साथी थे। रोज़ लगभग साढ़े तीन से चार घण्टे जब वो मेट्रो या ऑटो में होती तो उसका साथ संगीत ने दिया था। घर पर वो चुप रहकर काम करना सीख गयी थी। घर के काम आज भी उसके ज़िम्मे नहीं थे। घर अब घर जैसा नहीं था। बस सोने और खाने का ठिकाना भर था। इस घर में उसे अपनी ज़िम्मेदारियों, बूढ़ी होती मम्मी की देखभाल और पापा की यादों ने रोक रखा था। वरना पैसे कमाने के लिए तो विदेश की पोस्टिंग बेहतर होती।

हर्ष के आने से स्वाति की ज़िन्दगी में बातें लौट आयी थीं। बातों के साथ चाय की चुस्कियाँ और बचपन के सुहाने दिनों की ख़ुशबू भी लौटी थी। उसकी बेख़ौफ़ हँसी के साथ स्वाति की खिलखिलाहट भी लौट रही थी। छह सालों से चेहरे पर जमी चिन्ता और दुःख की परतें हल्की पड़ रही थीं। आवाज़ की खनक और आत्मविश्वास की ठसक फिर सुनाई देने लगी।

"क्या बात है, हमारी स्वाति वापस से रिवर्स ऐज कर रही है?" अनुष्का ने सकारात्मक बदलाव को देखकर टिप्पणी की।

"नहीं मैम। जीना है तो आगे बढ़ना है और अतीत के बोझ को झाड़े बिना चलना मुश्किल हो जाता है।"

"देर आये, दुरुस्त आये। वैसे मानना पड़ेगा। बेहद प्रोफ़ेशनल हो, इसलिए तुमने भले अपना दुःख यहाँ ज़ाहिर नहीं होने दिया लेकिन अंकल के जाने के बाद से ही तुम्हारे चेहरे की रौनक चली गयी थी। अब कुछ समय से तुम ठीक लग रही हो। लगता है हीलिंग हो रही है।"

"जी। कुछ दिनों से सुकून सा महसूस होने लगा है। पापा का जाना, घर की परेशानियाँ, मम्मी का रवैया। फ्रैंकली, इट वाज़ टू मच टू हैंडल।" स्वाति ने आह भरी, फिर मुस्कुराकर बोली, "और फिर यहाँ आकर उस मनहूस

आदमी की शक्ल देखना भी काफ़ी बुरा था।" बोलते-बोलते वो और अनुष्का दोनों हँसने लगे।

"टच वुड। यू लुक हील्ड एंड ओवर दैट डूश बैग नाउ।"

"टोटली।"

स्वाति की हँसी में उसके घर में उस पर हो रहे मानसिक अत्याचार का कोई निशान नहीं दिखता था। अब कुछ महीनों से उसके चेहरे की रौनक और आँखों की चमक देखकर कोई भी नहीं बता सकता था कि पिछले सालों में उस पर क्या-क्या गुज़रा। ऑफ़िस में लोगों को ये ही पता था कि उसकी मम्मी की तबीयत ठीक नहीं रहती इसलिए अब तो ट्रेवल असाइनमेंट पर नहीं जाती और उसने शादी न करने का फ़ैसला किया है। शादी न करने की वजह किसी को प्यार में धोखा खाना लगती तो किसी को परिवार की ज़िम्मेदारी। कान में गॉसिप पड़ भी जाये तो वो नज़रअन्दाज़ करती। कभी जाकर किसी को कोई सफ़ाई देना वैसे भी उसके स्वभाव के विरुद्ध था।

स्वाति में बदलाव ऑफ़िस ही नहीं घर पर भी गोचर था। ये बदलाव उसकी मम्मी के सार्थक को उकसाने का नया साधन बन चुका था। सार्थक अपने तक पहुँची हर शिकायत पर फुर्ती से क़दम उठाता। स्वाति उसे भी सफ़ाई नहीं देती। कभी जब उसका फ़ोन नहीं उठाती तो वो लम्बे और भद्दे मैसेज भेजता।

दमन

"लड़की की सही उम्र में शादी न हो तो वह कुण्ठित हो जाती है। ये हमने सुना तो था देख अब रहे हैं।" स्वाति घर में घुसी ही थी कि मम्मी गरजी। सार्थक उनके पास ही बैठा था। घर के मुखिया का घर आना भले कम होता था, लेकिन दख़लन्दाज़ी पूरी थी। सार्थक साल-छह महीने में एक-दो दिन के लिए ही घर आता। उसकी ज़्यादातर छुट्टियाँ उसके दोस्तों के साथ हिमांचल में टूरिस्ट डेस्टिनेशन में बीतती थीं। स्वाति जानती थी कि वो बिना छुट्टियों के आया था तो कोई बड़ा प्रयोजन ही होगा। उसने अपनी मम्मी के आक्षेप का कोई जवाब नहीं दिया बल्कि सार्थक से पूछा।

"आज इधर की सवारी कैसे निकल गयी?"

"तुम्हारी हरकतों के बारे में सुनकर रहा नहीं गया।" उसने प्रौढ़ आदमी की तरह जवाब दिया।

"अरे, तेईस की उम्र में तिरपन वाला अन्दाज़। बढ़िया है।" वो हँसकर अपने कमरे की और चल दी।

मम्मी ने भँवें उठाकर सार्थक को देखा जैसे कह रही हों कि 'लच्छन देख रहे हो इसके।' सार्थक तनतनाकर उठा और स्वाति का रास्ता रोककर खड़ा हो गया, "ऐसे ही मम्मी की देखभाल करती हो? तुम्हारी हरकतों से उनका बीपी बढ़ा रहता है। उस पर ये तरीक़ा है कि वो बोल रही हैं और तुम वहाँ से चल दीं?"

स्वाति ने लम्बी साँस ली और मम्मी की तरफ़ मुड़कर पूछा," अब क्या कर दिया मैंने।"

"तुम बताओ कि क्या कर रही हो?"

"कुछ ख़ास नहीं। सुबह साढ़े आठ पर काम के लिए निकलती हूँ, शाम को नौ पौने नौ घर में घुसती हूँ। यही कर रही हूँ।"

"अच्छा। पिछले हफ़्ते तुमने बाल कटाये हैं। हर हफ़्ते दो हफ़्ते में दस-ग्यारह बजे आती हो। तुम्हारे रंग-ढंग हमें दिख रहे हैं।"

"काम पर कभी-कभी लेट हो जाता है, वो तो पहले भी होता था। बाल कटाने से रंग-ढंग कैसे बदल गये? मतलब क्या है?" उसने पलटकर सवाल किया।

"उल्टा जवाब मत दो। जितना पूछा जा रहा है उतना जवाब दो।" मम्मी के सिपहसालार ने चीख़कर पूछा। एक पल को स्वाति को लगा कि सार्थक उस पर हाथ उठा देगा। उसके शरीर में एक कँपकँपी से दौड़ गयी और वो दो क़दम पीछे हो गयी। सार्थक के चेहरे पर गर्वीली मुस्कान ने उसके डर को सराहा, "पापा के मरने के बाद से अब तक तो तुमने बाल कटवाये नहीं। अचानक इस उम्र में कैसे सजने-सँवरने का भूत सवार हुआ? क्या चल रहा है?" उसने तनकर सवाल किया।

स्वाति जानती थी उसके दबे हुए रहने से सार्थक की आत्ममुग्धता को बल मिलता था। उसका चुप रहना, रोना, गिड़गिड़ाना, ख़ुद पर लगे इल्ज़ामों से परेशां होकर सफ़ाई देना उनको और मम्मी को ख़ुशी देता था। कुछ सालों से वो चुप हो गयी है। अब वो दुखी होती है, रोती है लेकिन सफ़ाई नहीं देती। उसे मम्मी के कहे का बुरा लगता, दुःख होता तो भी वो सामने नहीं रोती। सार्थक की कही हर बात उसे ज़्यादा चुभती तब भी वो अकेले में रोती। कुछ महीनों से उन दोनों की बातों का असर स्वाति पर कम हुआ है। वो सार्थक का फ़ोन नहीं उठाती। कभी-कभी उसे ब्लॉक कर देती और फिर एक-दो दिन बाद अनब्लॉक करती। नर्सिसिस्ट व्यक्ति को सबसे ज़्यादा अखरता है अपने टारगेट का अपराधबोध से मुक्त होकर ख़ुश रहना।

स्वाति के अन्दर से अपनी ज़िम्मेदारियों को लेकर रहने वाला तनाव कम हो गया था। अब वो अपने किये हुए प्रयासों से सन्तुष्ट थी। उसे पता था कि मम्मी और भाई के लिए जो किया जाना चाहिए वो सब कर रही थी। उसे मम्मी की नज़रों में अच्छे बने रहने की चाहत नहीं रह गयी थी। उसे पता था कि सार्थक उससे बहुत दूर जा चुका है और अब उनके दिल मिलने वाले

नहीं हैं। इसलिए उन्हें लगातार ख़ुश करने की कोशिशें उसने कम कर दी थीं। मम्मी और भाई पर हर महीने लुटाये जाने वाले तोहफ़े अब त्योहारों और विशेष अवसरों तक सीमित थे। उसका मुस्कुराना, गुनगुनाना उसके ख़ुद में लौट आने की निशानी थे। हीन भावना से ग्रसित नर्सिसिस्ट व्यक्ति को अपना शिकंजा ढीला होता दिखाई दे रहा था। इसलिए ये बदलाव उन दोनों को खटक रहे था। लेकिन वार करने के लिए चरित्रहनन ज़्यादा मारक था इसलिए बालों के कटवाने और रंग-ढंग के ताने से निशाना साधा गया था। ये आसान तरीक़ा था जो व्यक्ति को वापस लोक-लाज और अपराध बोध के अन्धकार में धकेल सकता था।

'तू पैदा होते मर क्यों नहीं गयी', 'पिता की नौकरी छुड़वा दी', 'भाई का भविष्य खा गयी' आदि वाक्य अब उसे उतने बुरे नहीं लगते थे। एक वक़्त था जब उसे लगता था कि क्या मैं अच्छी बेटी, अच्छी बहन नहीं हूँ? फिर उसने अनुष्का की सुझाई किताब, 'विल आई एवर बी गुड एनफ' पढ़ी और उसने पाया कि पिता का जाना ऐसी त्रासदी नहीं था जिसने मम्मी को बदल दिया। वो पहले से ऐसी ही थीं। वो पिता के साथ भी डोमिनेटिंग थीं। उसे बचपन के वो क़िस्से याद आते जब मम्मी ने बेटी होने के कारण उसके साथ भेदभाव किया या उसे बिना बात डाँटा। सोलह साल की उम्र तक उसे मासिक धर्म न होने के लिए मम्मी से अपमानित होना पड़ा और पहले पीरियड्स आने पर उसे अपनी मम्मी से 'कम उम्र में परिपक्व सोच' का लांछन मिला। उनका स्वभाव नया नहीं था बस पिता के जाने के बाद स्वाति उनके सीधे निशाने पर आ चुकी थी। उसके बाद स्वाति ने ह्यूमन बिहैवियर और साइकोलॉजी पर कई किताबें पढ़ीं। वो जानती थी कि उसके दमन में सार्थक उनका मनचाहा हथियार बन चुका है। बहुत चाहकर भी वो अपने भाई के इस रूपान्तरण को रोक नहीं सकी थी। आज वो भाई-मम्मी की छाया बन चुका था। उस भाई के मुँह से कुलक्षिणी, आवारा कहा जाना अब भी उतना ही बुरा लगता था। आज उसे कुण्ठित प्रौढ़ा की नयी उपाधि मिली थी। स्वाति मुस्कुरायी ही थी कि एक ज़ोर के धक्के ने उसे ज़मीन पर गिरा दिया।

"बता कहाँ मुँह मार रही है? ये लटके-झटके किसके लिये हैं।" सार्थक ने चिल्लाकर पूछा। मम्मी कुर्सी पर मालकिन की मुद्रा में बैठ गयीं।

स्वाति ने भरी आँखों से सार्थक को देखा। मम्मी के चेहरे के गर्व को धिक्कार कर वो उठ खड़ी हुई, "शर्म करिये मम्मी। इसे जो हैवान बना रही हैं आप, कल आपको भी नहीं बख़्शेगा।"

"चुप, साली रंडी।" सार्थक उसे मारने दौड़ा था। अब तक ये शब्द उसने फ़ोन और मैसेज़ पर सुने थे। उसे लगता था नशे में भाई अपना आपा खो देता है शायद। आज प्रत्यक्ष उसकी हरकतें देखकर वो जड़ हो गयी। मम्मी ने हाथ दिखा कर सार्थक को रोक दिया। आज के लिए इतना सबक और आगे के कुछ महीनों के लिए इतना दमन शायद काफ़ी था।

मम्मी को पता था अभी सार्थक का कोर्स पूरा होने में छह-सात महीने बचे थे। तब तक उसके ख़र्चे उठाने और आख़िरी सेमेस्टर की फ़ीस भरने के लिए स्वाति की नौकरी ज़रूरी थी। वो अपनी पेंशन से ख़र्चा नहीं करती थीं। वो छह साल से उसके बिज़नेस के लिए बचत कर रही थीं। पति के बैंक खातों का पैसा अब उनके अकाउंट में था। बचा था घर जो अब भी स्वाति के नाम रजिस्टर्ड था। शायद शर्मा जी को उन पर भरोसा नहीं था और उन्हें स्वाति पर भरोसा नहीं था।

सुबह ही ट्रेन से सार्थक वापस चंडीगढ़ चला गया। लेकिन स्वाति अपने कमरे की क़ैद से बाहर नहीं आ सकी। उसके अस्तित्व पर सार्थक के ज़रिये अपनी मम्मी का ये प्रहार उसे तोड़ रहा था।

अतीत

"मैं कहता हूँ, मैं बढ़ता हूँ, मैं नभ की चोटी चढ़ता हूँ
कुचला जाकर भी धूली-सा आँधी-सा और उमड़ता हूँ
मेरा जीवन ललकार बने, असफलता ही असि-धार बने
इस निर्मम रण में पग-पग का रुकना ही मेरा वार बने!"

हर्ष ब-आवाज़ बुलन्द अज्ञेय की कविता सुना रहा था। मेट्रो में आमतौर पर वो सॉफ्टली बात करता था। स्वाति ने उसे अपना स्वर नीचे करने को बोला, "धीरे!"

"पर क्यों? कविता को मन में पढ़कर जितना अच्छा लगता है, उसे बोलकर आनन्द दुगना हो जाता है।" वो बच्चों की तरह हँसा।

"पुरुष कवि तो बहुत मिलते हैं। लेकिन कविता पसन्द करने वाले, पढ़ने और सुनने वाले पुरुष बहुत कम।"

"बहुत जानती हो पुरुषों के बारे में 'चाउमीन'!"

"दुष्ट।"

"नहीं सच में। वैसे इतने दिनों से कहाँ थीं?"

"तबीयत ठीक नहीं थी, घर पर ही थी।" स्वाति ने झूठ बोला। वो सार्थक के जाने के बाद से पूरे हफ़्ते अपने कमरे से नहीं निकल पायी थी। उसका मनोबल टूट गया था। मम्मी बीच-बीच में घुड़की और आचरण पर घुट्टी पिला रही थीं। वो तो भला हो जो अनुष्का ने उसके घर फूल भेजकर उसका हाल लिया और उससे बात करके ऑफ़िस आने के लिए समझाया। सार्थक के धक्के से उसे सदमा लगा था। अगर वो घर से न निकलती तो शायद वापस

अपने जीवन की उसी स्थिति में पहुँच जाती जहाँ कुछ महीने पहले थी। आज ऑफ़िस आते दूसरा दिन ही था कि हर्ष फिर टकरा गया।

"अच्छा, तबीयत ख़राब थी? मुझे लगा तुम्हें कोई नया दोस्त मिल गया जिससे तुम ग़ायब हो।"

"मुझे कौन मिलेगा?"

"क्यों? अच्छी भली तो हो!"

"अब मेरी उम्र नहीं रही, नये दोस्तों वाली।"

"यार! इस मामले में मुझे यूएस बहुत पसन्द था। वहाँ ये सब स्टीरियो टाइप नहीं था।"

"इतना पसन्द था तो वापस क्यों आये?" स्वाति ने मुँह बनाकर ताना मारा।

हर्ष एक पल को चुप हो गया फिर सँभलकर के बोला, "तुम्हारा ख़ून पीने का मज़ा वहाँ नहीं था इसीलिए आया।"

"दुष्ट इन्सान।" स्वाति उसे दिखावे में मारने लगी। वो हाथ सर पर रखकर बचने का अभिनय करने लगा। कितने दिनों बाद उसके चेहरे की हँसी वापस आयी थी। हँसी के साथ उसकी आँखों में ख़ौफ़ भी तैर गया। मेरे हँसने से मम्मी को फिर क्लेश करने का बहाना मिल जायेगा। उसने फ़ैसला किया कि उसका जीवन जितना भी नार्मल रहे उसे घर पर मम्मी के सामने उसे ज़ाहिर नहीं होने देना है। जैसा अनुष्का कहती है, 'दमनकारी व्यक्ति के साथ रहने वाले लोग धीरे-धीरे उत्तरजीविता के गुर सीखते हैं।' स्वाति सीख रही है।

उसके दिमाग़ में अज्ञेय की कविता की पंक्तियाँ गूँज रही हैं। वो अपने मन में इन पंक्तियों को दोहरा रही है। 'कुचला जाकर भी धूली-सा आँधी-सा और उमड़ता हूँ', 'इस निर्मम रण में पग-पग का रुकना ही मेरा वार बने!'

"अच्छा सुनो, इससे पहले मैं भूल जाऊँ। तुम्हारी शादी हो गयी है न? तुम्हारी वाइफ अभी उधर यूएस में ही है?"

स्वाति के अचानक पूछे गये इस सवाल के लिए हर्ष तैयार नहीं था। उसने सहजता से जवाब दिया, "हाँ, शादी हुई थी। तलाक़ भी हो गया। और मैं सब छोड़-छाड़ के यहाँ आ गया।"

"सॉरी! मुझे पता नहीं था।"

“सॉरी की क्या बात है? कुछ सालों से तुम अपनी परेशानियों में ग़ुम थीं, मैं अपनी। जीवन है बहुत कुछ होता रहता है।”

“सॉरी!” इसके बाद स्वाति को समझ नहीं आया कि वो क्या बोले। वो चुप हो गयी।

“इतना ऑकवर्ड होने की ज़रूरत नहीं है ‘चाउमीन’, दिस इस प्रिटी नॉर्मल।”

“यस ऑफ़कोर्स!” दोनों एक-दूसरे को देखकर मुस्कुरा दिये।

हमें अपने दुःख बड़े लगते हैं। कभी दूसरे का दुःख देखो तो पता चलता है कि हमारी परेशनियाँ शायद उनके दुःख के आगे बौनी हों। लेकिन इन्सान अपने आगे बढ़कर देख कहाँ पाता है। हर्ष को देखकर उसे मिलकर स्वाति ने उसके दुःख को जाना ही नहीं। बस उसकी मुस्कान उसकी जीवटता देखकर आश्वस्त रही। लड़कों के दुःख को कौन देखता है? उनकी पीड़ा कौन समझता है? वो तो शायद कहकर बता भी न सकें, शायद रो भी नहीं पाते होंगे। पांपा के जाने के बाद उसने जितना उनके जीवन को खँगाला था वो उनके साथ रहते कभी ज़रूरी नहीं लगा। इन सालों में उसने जाना था उनकी बातों के पीछे के सच। उनकी हर सीख के पीछे का दर्शनशास्त्र। उन्होंने भी तो अपने जीवन में कितना कुछ सहा। बहुत कुछ जो उसे उनके जीते जी पता ही नहीं चला। वे कब अपने मन का दर्द किसी से साझा कर पाये? आज जब वो हर्ष से जानना चाहती थी कि आख़िर उसके छह साल लम्बे लिव इन रिलेशन के बाद उसकी शादी की उम्र इतनी कम क्यों रही, तब वो ये भी सोचती है कि काश उसके पिता भी उससे अपने दर्द बाँट पाये होते। वो जानना चाहती है कि उसके पिता उसकी मम्मी के साथ कैसे रहे। कैसे सहा उन्होंने अपमान, तिरस्कार और तानों से भरा जीवन। उनके जाने के बाद जब वो मालती देवी को ठीक से जान पायी है तब वो समझने लगी है कि जब भी मम्मी के तानों से उतरा पिता का चेहरा देखकर वो पूछती, “क्या हुआ पापा।” तो वो मुस्कुराकर बोलते ‘कुछ नहीं, शायद तेरी मम्मी को फिर ग़ुस्सा दिला दिया।’ उस वक़्त उसे ये पिता का मसखरापन लगता। उसे ये दाम्पत्य की सामान्य नोकझोंक लगती। लेकिन वो अब जानती है कि ये मम्मी की छवि को दोनों बच्चों की नज़र में ख़राब न होने देने की उनकी मशक़्क़त थी। अब उसे कितने ऐसे

क़िस्से याद आते हैं जब पिता ने अपने मन को मारा था, जब उन्हें मज़ाक़ के नाम पर भीड़ में बेइज़्ज़त किया गया था। जब उन्हें छोटी-छोटी बातों के लिए तरसाया था। एक बेटी के तौर पर वो ये सब कभी समझ ही नहीं सकी। उसने हमेशा ही पुरुष को शोषक और महिला को शोषित जाना था, यही पढ़ा भी था।

कैसे ऐसी शादियों में लोग पूरा जीवन एक कुपात्र पर न्योछावर करने के बाद अपने हिस्से के प्रेम के लिए तरसते रहते हैं। अब वो हर्ष का अतीत और भी ज़्यादा जानना चाहती थी। उसे हर्ष के ज़ख़्मों को ताज़ा करने का डर भी था इसलिए उसने फ़िलहाल चुप रहना ही सही समझा।

स्वाति को अपनी सोच पर अचरज था। उसने अपने मन की बात ऑफ़िस में अनुष्का से साझा की।

"मैम! आई एम फीलिंग टेरिबल।"

"व्हाई? व्हाट हप्पेनेड?"

"ओह! हाउ डू आई टेल यू" वो अपनी सोच पर इतनी शर्मिन्दा थी कि उसने अपना चेहरा दोनों हाथों से छिपा लिया।

"बोलो भी।" उसके चहरे से उसके हाथ हटाती हुई अनुष्का ने ज़ोर देकर कहा।

"आपको याद है मैंने आपको हर्ष के बारे में बताया था।"

"हाँ, तुम्हारा पड़ोसी और टीनएज क्रश ना।"

"हाँ वही। पर क्रश वाली बात कभी दोबारा अपनी जुबां पर मत लाना आप। प्लीज़।" उसने विनती की।

"हाँ बाबा। बताओ भी।"

"वो कुछ महीनों पहले मुझे मेट्रो में मिला और हमारे बीच फिर से बात शुरू हो गयी।"

"मैंने कहा था इस ग़्लो के पीछे का कारण कुछ ख़ास ही होगा।" अनुष्का की उत्सुकता बढ़ गयी।

"नहीं मैम। बस नार्मल बातें। ख़ास कुछ भी नहीं। मेन बात ये है कि जब उसने बताया कि उसका तलाक़ हो गया है", वो बात पूरी भी नहीं कर पायी कि अनुष्का एक्साइटमेंट से उछल पड़ी।

"डिवोर्स्ड है। ये तो अच्छे संकेत हैं।"

"अरे नहीं मैम! बहुत बुरे संकेत हैं। जब से उसके तलाक़ का पता चला है तब से मैं बिना कारण जाने उसकी पत्नी माने एक्स पत्नी की तुलना लगातार अपने पिता की पत्नी से कर रही हूँ।"

"लेकिन क्यों?"

"नहीं पता क्यों! लेकिन बिना कुछ जाने ही मैंने उसकी एक्स को विलेन मान लिया है। उसने तो अपनी पत्नी के बारे में अब तक एक शब्द भी बुरा नहीं कहा। तो मैंने ऐसा क्यों किया? क्या मैं भी पितृसत्ता की पोषक हूँ जिसे हर बात का दोषी किसी स्त्री को ही बनाना है?"

"अच्छा उस लिहाज़ से।" अनुष्का को अब समझ में आया कि स्वाति को हर्ष के शादीशुदा होने का रोष नहीं था, तलाक़शुदा होने की ख़ुशी नहीं थी। वो परेशान थी कि उसने बिना जाने ही तलाक़ का कारण उसकी पत्नी को मान लिया था। अनुष्का ने उसे समझाया, "क्या यार! तुम भी डरा देती हो। वैसे ये सामान्य है कि अगर हमें पूरा प्रकरण न पता हो तो जिसे हम जानते हैं और जो हमारी नज़र में अच्छा होता है हम उसी की तरफ़ वाला एक पाला चुन लेते हैं। और जो व्यक्ति हमें पसन्द न हो उसके ख़िलाफ़ भी तुरन्त एक राय बना लेते हैं। इसका लेना-देना स्त्री या पुरुष से नहीं बल्कि हम किसे कितने अच्छे से जानते हैं उस पर होता है।"

"आप ठीक कह रही हैं। लेकिन तब भी कैसे मैंने उस स्त्री के बारे में बिना कुछ जाने ही उसकी तुलना अपनी मम्मी से कर ली। उसे बेकार ही जज किया। कैसी स्त्रीवादी हूँ?"

"ख़ुद को जज करना बन्द करो। सूडो फेमिनिज़्म के अतिवाद का बोझ ख़ुद पर मत लादो बहन!"

वेलिडेशन या पुष्टि वो मर्ज़ है जो अच्छे-अच्छों को मरीज़ बनाने की ताक़त रखता है। जानते-बूझते भी बुद्धिमान से बुद्धिमान व्यक्ति, इसका लोभ संवरण नहीं कर पाता। ख़ुद को कटघरे में खड़ा करना आत्मावलोकन से आसान होता है। दूसरों के बनाये मानकों पर ख़ुद को श्रेष्ठ बनाये रखने की कोशिश में आप अपना व्यक्तित्व खो सकते हैं। अनुष्का के झकझोरने से स्वाति ने ख़ुद को कोसना बन्द किया।

स्वाति के मन में कई दिन से एक और बात थी जो वो चाहकर भी अनुष्का से कह नहीं पा रही थी। बोलने का अर्थ था उसकी निजता में दख़लन्दाज़ी करना। लेकिन आज वो अपने मन की बात बोलने को थी सो उसने अनुष्का से कहा, "मैम, बहुत दोनों से एक बात कहना चाह रही हूँ। अगर आप बुरा न मानें तो बोल दूँ।"

"अरे। तुम मुझसे इतनी फॉर्मल तो नहीं हो? बोलो।"

"मैम, आपने अपने हसबैंड के स्टार्टअप में अपना वक़्त और सारी जमा पूँजी लगाया है" स्वाति बोलते-बोलते चुप हो गयी।

"मैं सुन रहीं हूँ!" अनुष्का ने उसकी आँखों में देखकर पूछा।

"अगर आपको मेरी बात बुरी लगे तो एडवांस में सॉरी, लेकिन आप अपना समय और सारा पैसा लगाकर भी उस बिज़नेस में कहीं भी पेपर पर नहीं हैं। अपनों से मिला धोखा इन्सान को तोड़ देता है। मेरी रिक्वेस्ट है कि आप उस कम्पनी में क़ानूनी तौर पर अपना हिस्सा रखें।" उसने नज़रें नीची करके कहा। अब स्वाति लीगल डेस्क पर बैठती है। तरह-तरह के ऐसे केस उसके पास आते हैं जहाँ पूरा वक़्त और जमा पूँजी लगाने वाली महिलाओं को कई बार अन्त में कुछ भी नहीं मिलता था। जबकि पति के काम में हाथ बँटाती इन महिलाओं को पति के काम में अपने स्त्रीधन को दाँव पर लगाना भी नहीं खलता। वो बस अनुष्का को कभी ऐसे लाचार नहीं देखना चाहती।

अनुष्का ने कुछ देर कुछ नहीं कहा। शायद उसे स्वाति से इस तरह की बात की उम्मीद भी ना हो। फिर उसने आगे बढ़कर उसे ज़ोर से हग कर लिया और आश्वस्त करके बोली, "सजेशन टेकन। मैं इसी हफ़्ते पेपर वर्क करवाती हूँ।"

स्वाति को राहत हुई। वो जानती थी कि लोगों पर भरोसा करने में कोई बुराई नहीं है लेकिन बुरे वक़्त के लिए महिलाओं को हमेशा ज़्यादा तैयार रहना पड़ता है। स्त्रीवादी महिला के तौर पर वो जानती थी कि काम का कोई जेंडर नहीं होता। दमनकारी नर्सिसिस्ट का जेंडर सिर्फ़ पुरुष ही नहीं होता ये उसे समझ में आने लगा था। पहले उसे अपनी मम्मी अपवाद लगती थी। ये भी एक स्टीरियोटाइप है कि उसे लगता था कि महिलाएँ सहज ही करुणा और त्याग की मूर्ति होती हैं, या कंडीशनिंग का असर था कि महिला ऐसी होनी चाहिए। सामान्यत: महिलाओं का ख़ुद पर ध्यान देना या अपने लिए समय निकालना भी तो स्वार्थ की श्रेणी में गिना गया था। माता कुमाता नहीं हो सकती, ये तय था। लेकिन हर पिता, हर पुरुष उत्पीड़क ही होता है ये मिथक उसके जीवन में उसके पिता ने तोड़ा था। जैसे-जैसे वो दुनियादारी की चिलचिलाती धूप में चलती जाती उसे पितृसत्ता की पोषक महिलाएँ सामान्यत: किसी पुरुष से ज़्यादा अब्यूसिव और दमनकारी मिलतीं। ऐसा नहीं है कि इससे पुरुष बरी हो जाते हैं लेकिन महिला का महिला के ख़िलाफ़ होना उसे ज़्यादा अप्रीतिकर लगता रहा है।

अब स्वाति उस अनजान महिला के बारे में सोच नहीं रही थी। न ही अब

वो ख़ुद को कोस रही थी। अब वो जानना चाहती थी कि हर्ष की ज़िन्दगी में ऐसा क्या हुआ कि उसका प्रेम विवाह टूट गया। हर्ष के बारे में जब सोचती तो उसे याद आता अनुष्का का हर्ष को उसके पड़ोसी और क्रश के ज़ानिब पहचानना। जाने कितने साल पहले उसने अनुष्का से ये बात कही होगी। शायद नौकरी के शुरुआती दिनों में जब वो दोनों साथ-साथ आसिआन देशों के भ्रमण और रेकी के लिए जाते थे, तब बताया था। दसियों साल पुरानी बात जब आज उसने बोल दी तो उसे याद आया कि हर्ष जब उसके साथ स्कूल जाता था तो मम्मी से हर्ष को भैया कहने की हिदायत मिली थी। लेकिन तब भी वो उसे नाम से बुलाती और वो चिढ़ जाता। वो अपने घर का एकलौता था लेकिन उससे बड़ा था तो उसे बड़ा कहलाया जाना पसन्द था। उसे पसन्द था इसीलिए स्वाति और भी उसे हर्ष से हर्षु बना देती। तब तक उसके मन में ऐसा कुछ नहीं था। जब उसका परिवार वापस दिल्ली आया और शुक्ला अंकल पड़ोस में पहले से रह रहे थे तब हर्ष आईआईटी दिल्ली में पढ़ रहा था। उसने भी उसी साल कॉलेज ज्वाइन किया था। दिल्ली में होकर भी वो हॉस्टल में रहता सिर्फ़ इतवार को ही घर आता। वो वक़्त था जब दोनों कम मिलते थे लेकिन हर हफ़्ते जब वो घर आता तो उसके घर का एक चक्कर ज़रूर लगाता। उसका इंटेलिजेंस और उसका नज़रिया स्वाति को बहुत आकर्षक लगता था। या शायद वो उम्र ऐसी थी कि बुद्धू हर्षु उसे बेहद अच्छा लगने लगा। वो दो साल बहुत प्यारे बीते थे।

हर्ष के आने भर से स्वाति का चेहरा खिल जाता, मम्मी की नज़र से उसकी पसन्द छुपी नहीं थी। हर्ष की इंजीनियरिंग पूरी हुई तो उन्होंने मज़ाक़-मज़ाक़ में शुक्ला आंटी से दोस्ती को रिश्तेदारी में बदलने की बात, उन दोनों के सामने ही कह दी। उस दिन से स्वाति ख़ुद ही उससे कटी-कटी रहने लगी थी। उसके बाद हर्ष भी दिल्ली के बाहर चला गया। जब वो तीज-त्योहार आता तो दोनों के बीच साथ में अकेले न होने की झिझक रहती। बाद में स्वाति भी मुम्बई चली गयी तो कई साल उनका मिलना भी नहीं हुआ। मुम्बई से उसे एक झक सवार रहती कि प्यार आपको अपनी ज़िन्दगी के लक्ष्य से भटका देता है। उस उम्र में वो भटकना नहीं चाहती थी और आज भी उसे मंज़िल नहीं मिली थी। बिना भटके जीवन में कुछ कहाँ ही मिलता है?

स्पन्दन

स्वाति राजीव चौक से चार मेट्रो छोड़ चुकी थी। वो येलो लाइन से ऊपर आने वाली सीढ़ियों के पास खड़ी थी। 'हर्ष आमतौर पर यही सीढ़ियाँ लेता है। आज तो शुक्रवार भी है। शायद मिल ही जाये।' स्वाति उसे ढूँढ़ रही थी कि उसके पीछे से किसी ने पूछा, "किसे ढूँढ़ रही हो टॉपर?"

ये हर्ष की आवाज़ थी। उसे देखकर स्वाति ने अनजान बनते हुए कहा, "किसी को नहीं। तुम यहाँ कैसे?"

"यूँ ही, बस वॉक पर निकला था सोचा मेट्रो में घूम लूँ।" उसने हमेशा की तरह टेढ़ा जवाब दिया।

"दुष्ट इन्सान।" वो अब बेतकल्लुफ़ हँसती थी।

"घर जा रही हो?"

"हाँ, लेकिन बीच में एक पिट स्टॉप है उसके बाद।"

"ओके। कहाँ?"

"सी पी!!" वो हँसी।

"यार चाउमीन, तुम्हारी संगत ख़राब हो गयी है।" घर से ऑफ़िस, ऑफ़िस से घर के बीच में ये क्या नया सड़ूपा ढूँढ़ लिया तुमने।"

"क्या रे! ये टॉपर-चाउमीन, टॉपर-चाउमीन बोला। यक पे रहना। या टॉपर बोलो या चाउमीन बोलो। ठीक।" स्वाति ने साऊथ इंडियन एक्सेंट में कहा।

"अच्छा बेटे। हमसे चतुराई। यक चतुर नार बड़ी होशियार! हैं!!!" दोनों हँसते हुए साथ में बाहर निकल आये। दोनों साथ टहलते यूनाइटेड कॉफ़ी

हाउस पहुँच गये। स्वाति आगे बढ़ गयी तो हर्ष ने रोका, "कहाँ चल दीं? इधर!"

"चलो आज मेरी पसन्दीदा जगह।" बोलकर वो आगे बढ़ गयी और हर्ष उसके पीछे-पीछे चल पड़ा। ई ब्लॉक के साइड से ऊपर जाने का रास्ता था। हर्ष ने बोर्ड देखा।

"ओहो! क्यूबा!?"

"यस!" वो मुस्कुरायी।

"एक मालचा मार्ग पर भी था, शायद अब बन्द हो गया है।"

"हाँ, पहले वहीं जाते थे। उसका एम्बिएंस ही अलग था। अब यहाँ आ जाते हैं, कभी-कभार।"

"गुड चॉइस।" दोनों ऊपर पहुँचे तो मैनेजर ने स्वाति का ऐसे स्वागत किया जैसे उसे जानता हो और उसे दो लोगों के लिए बनी एक सिटिंग पर बैठा दिया। उस जगह से बाक़ी टेबल्स दूर थीं। हर्ष से उत्सुकता से पूछा, "प्राइवेसी स्पॉट?"

स्वाति झेंप गयी, "नहीं भाई। बात करते समय स्पॉट लाइट में बैठना मुझे पसन्द नहीं।"

"तुम्हें तो अच्छी-ख़ासी लाइम लाइट मिली है। कितने बड़े-बड़े अवार्ड्स। सेलेब्रिटीज़ के साथ कोलाबोरेशन और जाने क्या-क्या।"

"वो सब अतीत की बातें हैं। अब मैं सरकारी लोगों की तरह काम करती हूँ।"

"स्लो लाइफ़ हमेशा बेहतर होती है। माने अगर तुम्हें पसन्द है तभी।"

"मुझे पसन्द है।"

"मुझे भी।" कुछ देर के लिए दोनों के चेहरे की तरह वातावरण में भी शान्ति छा गयी। उसे भंग करता हुआ मैनेजर उनका ऑर्डर लेनें आ गया।

स्वाति ने हर्ष से पूछा, "क्या लोगे?"

"वैसे तो बियर ही लेता लेकिन यहाँ पर शा-डह-ने या पिंक मह-स्का-तो भी ली जा सकती है?"

"वाओ। सेम पिंच।" उसने मैनेजर की तरफ़ देखकर कहा, "शा-डह-ने बाई बॉटल।" मैनेजर ने मेनू में अवेलेबल ब्रांड्स उनके सामने कर दिये। उन्होंने

एक साथ मो-वेट्स पर उँगली रख दी। दोनों ने एक-दूसरे को देखा, स्वाति ने पलकें झुका लीं। ड्रिंक्स और खाने का ऑर्डर लिखकर मैनेजर चला गया तो हर्ष ने चुटकी ली।

"तुमने तो कहा था कि तुम पीती नहीं हो?"

"अच्छा! ऐसा कहा था क्या?" स्वाति ने मासूमियत से पूछा।

"देखो चाउमीन, तुम मुझे कन्फ़्यूज कर रही हो।"

"तुम कन्फ़्यूज हो रहे हो यार, मैं कर नहीं रही। उस दिन नहीं पीना था आज मन है तो पीना है।"

"तुमने साफ़-साफ़ कहा था कि 'मैं नहीं पीती'!" उसने शब्दश: उस दिन का वाक्य दोहरा दिया।

"तुमने कहा कि तुम्हारे लिए बियर मँगा दूँ, मैंने कहा मैं नहीं पीती, क्योंकि मैं बियर नहीं पीती।" वो हँसकर बोली। ये सच था कि स्वाति बियर नहीं पीती थी। उसे बियर का कसैलापन कतई पसन्द नहीं था। लेकिन एक सच ये भी था कि उस दिन वो हर्ष के साथ पहली बार बाहर आयी थी और उस वक़्त तक वो उसके साथ इतनी सहज नहीं थी जितनी कि अब है।

"आई सी, चाउमीन!" हर्ष ने प्रशंसा के भाव से कहा।

वो बात आगे बढ़ाती हुई बोली, "तो टॉपर और चाउमीन में से तुमने चाउमीन चुना है।"

"तुम्हें सूट करता है। शक्ल पहाड़ी, बाल मैगी, नाम 'चाउमीन'!"

"हाउ मीन?" वो झूठा ग़ुस्सा दिखाकर बोली।

उसके लिए ये सुखद आश्चर्य था कि हर्ष जैसे किताबी कीड़े ने उसे नोटिस किया था। हर्ष को भी आश्चर्य था कि उसे स्वाति के बारे में इतना कुछ याद कैसे रहा?

स्वाति का रंग अपनी मम्मी पर गया था जबकि नैन नक्श शर्मा जी जैसे थे। गौरवर्ण, मोटी-मोटी आँखें, नाक ज़रा छोटी-सी, सर्दी हो या गर्मी गाल और नाक ज़रा-सी धूप या थकन से लाल हो जाते। पिता के कश्मीरी सेब को स्कूल में सब पहाड़ी आलू बुलाते थे। उसके बाल न ठीक से घुँघराले थे न सीधे थे, लहरदार बालों को किसी अच्छे दिन स्वच्छन्द रहने का सुख मिलता, उन्हें मैगी बुलाया जाता वरना हमेशा एक ढीले जूड़े में क्लच किये बाल,

उस दुबली सी ऐनेमिक सी लड़की के चेहरे के लगभग बराबर थे। गर्दन पर उसका अधखुला जूड़ा लटक आया था। उसने क्लचर निकाला और बालों को नये सिरे से समेटकर पुन: ढीले से जूड़े में बाँध लिया। चौड़े मुँह वाले वाइन गिलास के लम्बे से स्टेम पर उसकी नाज़ुक उँगलियाँ खेल रही थीं। छोटे-छोटे घूँट लेती स्वाति के होंठ आज ज़्यादा उभरकर दिख रहे थे। उसकी आँखों में हल्का-सा काजल और होंठों पर नेचुरल सा टिंट रहता। छोटी-सी काली बिंदी, झुमके और रंगबिरंगा स्टोल उसकी सज्जा को रोज़ जैसे ही पूरा कर रहे थे। हर्ष को ख़ुद भी आश्चर्य था कि उसने स्वाति को स्कूल के बाद इतने ध्यान से कभी नहीं देखा। या शायद देखा था पर परिस्थितियाँ अलग रही होंगी। वो थोड़ा सा चौकन्ना हो गया। शायद वाइन का असर था।

कलकत्ता के स्कूल में अक्सर लोग उसे बंगाली समझते और बांग्ला में बात करने लगते। वो नायाब लड़की थी जिसे कलकत्ता पसन्द नहीं था। भीड़, भाषा, मौसम उसे सबसे दिक़्क़त थी। तब वो छोटी थी और जल्दी परेशान हो जाती थी। ऐसे में हर्ष ही उसका सहारा था। उसे हँसाना हो, दिल बहलाना हो या किसी से बचाना हो, वो सदा तैनात रहता। हर्ष को भैया न कहने पर मम्मी से उसे डाँट मिलती और पापा से सीख, पर उस पर कोई असर नहीं होता। मुँह खोलती तो उसे नाम से ही बुलाती। तब हर्ष को भैया न कहा जाना अखरता था, बाद में उसे आदत हो गयी थी।

स्वाति से बात करना उसे आज भी बहुत आसान लगता। कई बार उसे लगता कि अपने दिल की कोई भी बात वो उसे आसानी से बता सकता है। उसका मन करता लेकिन ऐसे मौक़े कम आते जब उससे फुर्सत से मुलाक़ात होती। ऐसे में वो दोनों बस मिलने भर से ही ख़ुश हो जाते। लेकिन दिल में बहुत-सी बातें थीं जो तवज्जो माँग रही थीं।

"स्वाति, तुम्हें पता है मैं चालीस का होने को हूँ।"

"अरे, ये तो ब्रेकिंग न्यूज़ है! और मैं तुमसे बस तीन साल पीछे हूँ!"

"सुनो। मज़ाक़ नहीं। सीरियसली। चालीस पूरा नहीं हूँ और अभी से मेरे अन्दर से वो एम्बिशस वाली भावना जाने कहाँ मर गयी है।"

"ये नार्मल है। होता है।" उसे समझ नहीं आ रहा था कि वो क्या कहना चाहता है।

"नहीं है यार। आईआईटियन हूँ। मैं अपने टीनऐज में जितना एम्बिशियस था उसका चौथाई भी नहीं हूँ आज। मेरे साथ वाले कहाँ पहुँच गये हैं। और मैं हूँ कि आगे जाने से डरता हूँ," उसकी आँखें स्वाति पर टिक गयीं, "तुम जानती हो मैं वापस क्यों आया? मुझे आना पड़ा। कैसे रहता वहाँ पर? कोई जगह ऐसी नहीं थी जहाँ से प्राजक्ता की याद न जुड़ी हो। उसे जब देख लेता तो साँस नहीं आती, नहीं देख पाता तो जिया नहीं जा रहा था।" उसकी लाल आँखों में पानी तैर रहा था। आवाज़ भर्रा गयी थी।

स्वाति ने उसके हाथों को अपने हाथों में थाम लिया, "बता सको तो बता दो जो भी दिल में दबा के रखा है हर्ष।"

"तुम्हें पता है, प्राजक्ता और मैं पहली जॉब से साथ में थे। जैसे अचानक नशा चढ़ता है न, वैसे हमें प्यार हुआ। हमें एक-दूसरे को जानते हुए दो महीने भी नहीं हुए थे और एक दिन वो मेरे दरवाज़े पर अपने सूटकेस के साथ खड़ी थी। शी मूव्ड इन विथ मी। सब कुछ बहुत एलेक्ट्रिफाइंग था। हमारा साथ होना ही ऐसे था माचिस और पेट्रोल। हम सात साल साथ थे, जिसमें एक साल शादी वाला भी गिन लो; सोचो कभी कोई प्रॉब्लम नहीं हुई आपस में। सब अच्छा था बल्कि पर्फेक्ट था। कितना सुन्दर जीवन जिया हमने साथ में।" उसकी आँखों में अतीत की सपनीली और सुहानी परछाइयाँ तैर रही थीं। उसने अपने और प्राजक्ता के साथ गुज़ारे दिनों की दिनचर्या तक स्वाति को बता दी। सुबह साथ उठना, साथ ब्रश करना, साथ नहाना, साथ में खाना बनाना और खाना। साथ-साथ ऑफ़िस और उसके बाद साथ ही में कभी घर, कभी पार्टी, कभी वेकेशन। उसकी खोयी-खोयी आँखों में अतीत एक चलचित्र की तरह गुज़र रहा था, "हम दोनों बहुत ख़ुश थे यार। लेकिन उसे सब नीरस लग रहा था। शादी के कुछ समय बाद उसने जॉब बदल ली थी। कुछ महीने ऑफ़िस अलग था लेकिन घर एक ही था। ज़िन्दगी में रोमांच बना रहे इसलिए उसने शहर भी बदल लिया। हम दोनों अलग-अलग शहरों में रहे। लॉन्ग डिस्टेंस रिलेशनशिप को जिया। रोज़ का साथ वीकेंड का साथ बन गया। धीरे-धीरे भाग- दौड़ से हम दोनों ऊबने लगे। मुझे समझ नहीं आया शायद जीवन से प्रेम जा रहा था इसलिए मोह-माया से ऊब हो रही थी। मैंने अपनी जॉब छोड़कर, कम पैकेज पर छोटी कम्पनी में उसके शहर में नौकरी ढूँढ़ी और उसके पास

शिफ्ट होना चुना। मेरे हिसाब से मैं प्यार को परिवार को चुन रहा था। मेरी प्राथमिकता करोड़ों का पैकेज नहीं था। लेकिन ये बात ही बाद में हमारे बीच की बड़ी समस्या बनी।"

"कम पैसा? या छोटी नौकरी?"

"ना, मेरा उसे चुनना।"

"मतलब?"

"उसके हिसाब से मैंने उसे चुना क्योंकि मैं एम्बिशस नहीं हूँ। मेरे जीवन की कोई दिशा नहीं रही इसलिए वो मेरे साथ नहीं रहना चाहती थी।"

"ये क्या बात हुई? प्यार और परिवार ही प्राथमिकता होता है।"

"नहीं यार चाउमीन! यहीं तो मात खा गयीं न तुम। हम मिडिल क्लास भारतीयों के लिए प्यार और परिवार प्रायोरिटी है। वो तो अमेरिकन है। उसके हिसाब से प्यार और परिवार को ख़ुश रखने के लिए पैसा और पोज़िशन बहुत अहम है। उसे मेरा उसके पास आना एक बहाना लगा। उसके साथ की तमन्ना रखना उसकी नज़र में मेरी कमज़ोरी थी। मैं उसका नज़रिया समझने की कोशिश कर रहा था, मैंने हार नहीं मानी। फिर से बड़ी कम्पनी, बड़ा डेसिग्नेशन और बड़ा पैकेज सिक्योर कर लिया लेकिन उसे ख़ुशी नहीं हुई। उसके हिसाब से मैं दिशाहीन था और उसके राह दिखाये बिना कुछ करने के लायक नहीं था। मैंने बहुत कोशिश की यार। लेकिन वाकई मुझे समझ नहीं आ रहा था कि ग़लती कहाँ हो रही है। नहीं समझ आ रहा था कि वो क्या चाहती है। मेरा प्यार, समर्पण, प्राथमिकता सब तो वही थी। और उसे जो चाहिए था बड़ा नाम, बड़ा पैसा, बड़ा घर वो भी मैंने दोबारा खड़ा कर दिया। शायद इस समझने-समझाने की प्रक्रिया में वो मुझसे दूर जा चुकी थी।"

"कहाँ जा चुकी थी?"

"एक दिन बोली उसे मुझसे प्यार नहीं रहा, वो तलाक़ चाहती है क्योंकि मैं ज़रूरत से ज़्यादा सौम्य हूँ। उसके लिए मैं अपना जेंटिल डिमिनर छोड़कर माचो भी बन गया, मालूम।" बताते-बताते वो भरी आँखों से हँस पड़ा। आँसू उसके गालों पर लुढ़क गये। उसके हाथों पर स्वाति के हाथों की पकड़ ढीली पड़ी तो उसने अपनी आँखें पोंछ लीं, "उसे मनाने की, समझाने की सब

कोशिशें नाकाम रहीं। दो साल की कोशिशों के बाद मैंने उसे उसकी ख़ुशी के लिए तलाक़ दे दिया।"

हर्ष चुप हो गया। स्वाति के पास बोलने के लिए शब्द ही नहीं थे। क्या बोले, क्या कहे कि उसके दर्द को कुछ कम कर सके? कुछ देर के लिए वहाँ सन्नाटा छा गया। स्वाति ने नज़रें उठाईं तो उन दोनों के अलावा वहाँ अब कम ही लोग बैठे थे। घड़ी में साढ़े ग्यारह बजने को थे। वो दोनों सात बजे से उस जगह बैठे थे। उनके बीच की गम्भीर बातचीत के चलते मैनेजर ने उन्हें डिस्टर्ब नहीं किया था। टेबल पर चुप्पी देखकर उसने लपककर बची हुई वाइन दोनों के गिलास में भर दी। तीसरे की मौजूदगी से हर्ष वर्तमान में लौट आया। "तुम्हारी शाम ख़राब कर दी मैंने?" हर्ष ने संकोच से कहा।

"बिल्कुल नहीं। वैसे तुम्हें तो भारत आये साल भर भी नहीं हुआ ना।" स्वाति ने मुस्कुराकर बोला।

"होने वाला है।" कुछ देर चुप रहकर बोला, "प्यार हो सकता है। ख़त्म हो सकता है तो फिर से भी तो हो सकता है। इसी आस में तलाक़ के पहले दो साल और उसके बाद डेढ़ साल तक उसका दिल जीतने की बहुत कोशिश की। लेकिन नाकाम रहा। उसने जब मेरे दोस्त से शादी कर ली तब मुझे लगा कि अब और नहीं सहा जायेगा तो यहाँ आ गया। इस बार सब छोड़कर नहीं आया। डिस्पोज़ करके आया। अच्छी जॉब, पोजीशन और पैकेज लेकर आया। सब मिला लें तो ग्यारह साल का टोटल साथ था, कुछ तो सिखाया ही उसने।" अब उसकी आवाज़ में दार्शनिकों वाली गहराई थी।

"अच्छा किया। यहाँ घर है, परिवार है, अपने हैं और अपना देश तो अपना होता है न!" स्वाति ने उम्मीद जागते हुए कहा।

"तुमसे बात करना इतना आसान क्यों है चाउमीन?"

"इसलिए क्योंकि तुम्हें चाइनीज़ पसन्द है।" वो खिलखिलाकर हँस पड़ी और हर्ष उसकी निश्छल हँसी को मुग्धता से देखता रहा।

संघर्ष

स्वाति को नया प्रमोशन मिला। अब वो वीपी डेवेलपमेंट कम्युनिकेशन है। डेस्क पर इतनी लम्बी अवधि काम करने के बाद भी उसने अपनी लगन से ये मुकाम हासिल किया था। बहुत लोग उसकी कामयाबी का ताज उसके बॉस को पहनाना चाहते थे लेकिन बुरा चाहने वालों की बुरी क़िस्मत कि उसकी बॉस तो ख़ुद एक महिला है। हो सकता है अब उसकी बॉस और उसके लेस्बियन होने की अफ़वाह फैलने लगे।

स्वाति ख़ुशी से फूली नहीं समा रही थी। अब वो और हर्ष लगभग रोज़ ही मेट्रो में साथ आते हैं। शाम को भी दोनों कोशिश करते हैं कि साथ ही घर जायें। पिछले महीने क्यूबा में हुई मुलाक़ात में हर्ष ने अपने तलाक़ के बारे में बता दिया था। इस महीने के शुरू में जब दोनों कॉफ़ी पीने 'कला' गये तो स्वाति ने अमन के साथ अपना ब्रीफ़ रिलेशनशिप, यहाँ तक कि ख़ुदकुशी के प्रयास वाली बात भी बता दी। रोज़ की बातों में अब हर्ष को कुछ हद तक उसकी मम्मी और सार्थक की उससे नाराज़गी का एहसास हो गया था। स्वाति ने उसे परिवार की यह बात न बताने का निर्णय लिया था। हालाँकि हर्ष से कुछ छुपाना उसे अच्छा नहीं लगता था लेकिन उसे लगता था सब जानकर शायद वो उसकी मम्मी और भाई की कभी इज़्ज़त न कर पाये।

अब दोनों की मित्रता में एक-दूसरे के लिए पसन्द भी शामिल हो चुकी थी। आज उसे प्रमोशन मिला है। आज तो पार्टी बनती है। तभी उसके ज़हन में हर्ष का वाक्य गूँजा, 'मैं अब एम्बिशियस नहीं रहा।' अब वो उलझन में थी कि उसे बताये कि न बताये! कहीं ऐसा न हो वो प्रमोशन के कारण उसे एम्बिशियस समझ ले। कहीं कोई काम्प्लेक्स बीच में न आ जाये। उसके पिता

के बाद पहली बार उसके जीवन में कोई मिला था जिसे वो खोना नहीं चाहती थी। एक लम्बे दु:ख के बाद जीवन में हर्ष का आना उसके लिए नये जन्म जैसा था। उसके साथ सिर्फ़ मन भर बात का ही साथ नहीं था उसके होने से अब वो ख़ुद को अकेला नहीं समझती। प्रेम के डर अजीब होते हैं। मित्रता में जो बात सहज बताई जा सकती थी उसे बताने के पहले उससे जुड़े भावों की पड़ताल की जा रही थी। उसे डर था कि कहीं कोई बात उन दोनों के बीच मनमुटाव न पैदा कर दे। उसने न बोलना चुना।

स्वाति और अमन का रिश्ता इत्मीनान का रिश्ता नहीं था। वो दैहिक सम्बन्ध की जल्दी में था और स्वाति अपनी पसन्द पर अपने परिवार की मोहर की जल्दी में। उन्होंने एक-दूसरे को जानने-समझने में बहुत वक़्त नहीं लिया था। स्वाति प्यार को लेकर इतनी बेसब्र थी कि उसे दिखा ही नहीं कि अमन एक चलता-फिरता रेड फ्लैग था। प्राजक्ता और हर्ष ने एक साथ बहुत लम्बा समय बिताया था। उनकी शुरुआत ही धधकती आग जैसी थी जिसे वो एलेक्ट्रिफाइंग भी बोलता है। हर्ष की ज़िन्दगी में प्राजक्ता ही सब कुछ बन गयी। शायद इतना कि उसके लिए और कोई भी रिश्ता उतना अहम नहीं रहा। छह साल लिव-इन में रहते हुए उन्हें दिक़्क़तें आयीं तो भी दोनों ने कोशिश करके रिश्ते को बचाये रखा। पति-पत्नी के तौर पर भी दोनों पढ़े-लिखे, समझदार थे। दोनों ने एक-दूसरे के साथ प्रेम निभाया लेकिन शादी के बाद ऐसा क्या अलग हो गया जो प्राजक्ता को दूसरी नौकरी, दूसरा शहर चुनना पड़ा? क्या उसे हर्ष के साथ में पर्सनल स्पेस नहीं मिल रही थी? क्या था जो छह साल का लिव इन एक साल की शादी में ही बिखर गया?

दरअसल प्रेम ग़लत नहीं होता। प्रेम में ग़लतियाँ होना उतना ही सामान्य है जितना किसी और सम्बन्ध में। जो प्रेम क्षमा न कर सके वो प्रेम कैसा? किसी भी सम्बन्ध में प्रेम, आपको ख़ुद पर विश्वास करना सिखाता है। और उसी प्रेम पर हम अपनी असुरक्षा के चलते विश्वास नहीं करते। असुरक्षा जहाँ हो वहाँ खोना निश्चित होता है। प्रेम को असुरक्षा की भावना दीमक की तरह चाट जाती है।

वो अब भी अक्सर सोचती है कि उनके बीच ऐसा क्या हुआ होगा? उसका अपना प्रेम सम्बन्ध ख़त्म हुआ क्योंकि शायद अमन कमिटमेंट फोबिक

था। लेकिन देर से सही उसने जाना कि वो कायर भी था। अपनी बात को बता न सका। स्वाति ने प्यार किया। प्यार में अपने प्रेमी की हर कमी को अनदेखा किया। अमन ने जब उसके दु:ख में उसे अकेले छोड़ दिया और किसी और के साथ रिलेशनशिप में आ गया, तब भी उसे अपने ज़हन से निकालने में स्वाति को लम्बा वक़्त लगा था। उसके लिए 'आउट ऑफ़ लव' का कांसेप्ट शायद बहुत वेस्टर्न था। लेकिन प्राजक्ता भी तो दरअसल अमरीकी ही थी, हो सकता है शादी की हक़ीक़त से टकराकर प्यार का सपना चरमरा गया हो। प्रेम में कितनी लगन से प्रेमी की ख़ुशी के लिए हम प्रयास करते हैं, मुलाक़ात के हर पल को भरपूर जीते हैं। छोटी-छोटी बातों का ध्यान रखते हैं। हर तरफ़ से समय चुरा के उसके नाम कर देते हैं। प्रयास दिल जीतने का, प्रयास समय निकालने का, प्रयास प्रेमी को विशिष्ट महसूस कराने का। हम अपने दोस्तों, यहाँ तक कि जानने वालों के साथ अपने रिश्ते को बरक़रार रखने के लिए अपनी तरफ़ से रोज़मर्रा की ज़िन्दगी में यथा सम्भव प्रयास करते हैं। फिर हम अपने जीवनसाथी को फॉर ग्रांटेड क्यों लेते हैं? एक बार शादी हो गयी तो 'एक काम और पूरा हुआ' सोच कर प्रयास बन्द कर देते हैं। शायद यही वजह है कि प्रेमी और जीवनसाथी के बीच का फ़र्क़ हमें कन्फ़्यूज करता है। हमें लगने लगता है कि जिस व्यक्ति से हम प्यार करते थे वो शादी के बाद बदल गया है। शादी के साथ आयी ज़िम्मेदारियाँ निभाते हुए हम जब भविष्य की योजनाएँ बनाते हैं; तब उसमें घर, गाड़ी, हॉलिडे सबके ख़र्च उठाने के लिए दिन-रात मेहनत करने वाले लोग अक्सर बचत सिर्फ़ उस समय और भावनाओं की करते हैं जो प्यार पर ख़र्च करनी थीं।

हालाँकि स्वाति को हर्ष ऐसा नहीं लगता। वो उसे बचपन से देखती आयी है, वो संवेदनशील है। वो एकतरफ़ा और अकेले भी दो लोगों के हिस्से का प्रेम कर सकता था, निभा भी सकता था। उसने बताया भी था कि प्राजक्ता के साथ शादी के फ़ैसले से उसके माता-पिता ख़ुश नहीं थे। लड़की उनकी बिरादरी से नहीं थी। उनके मानकों के हिसाब से प्राजक्ता में उनकी बहु बनने के गुण नहीं थे। हर्ष पर शादी का दबाव था इसलिए उसने प्राजक्ता को भारत लाकर परिवार से मिला दिया। बेमन से जो माता-पिता इस शादी में शामिल हुए उन्होंने तलाक़ पर हर्ष की पसन्द को ज़िम्मेदार ठहराया। उनकी मानें तो

उसने प्राजक्ता को ज़रूरत से ज़्यादा प्रेम और लाड़ देकर सर पर बैठा लिया था। इसीलिए वो उसे कुछ नहीं समझती और बुरी तरह से ट्रीट करती। अब हर्ष के घर का माहौल भी ठीक नहीं रहता। आईआईटियन लड़के से उस परिवार की जो उम्मीदें थीं, प्रेम में पड़कर उसने वो सब तोड़ दीं। घर से बाहर रहने के लिए उसका काम पर जाना ज़रूरी है, वरना उसकी कम्पनी में वो आसानी से घर बैठे भी काम कर सकता है।

दोनों के हालात अलग थे लेकिन परेशानियाँ एक सी। उसके घर में अब उसकी दूसरी शादी के लिए ज़ोरशोर से लड़कियाँ देखी जा रही हैं। और स्वाति के घर में सुबह-शाम सार्थक के प्लेसमेंट की दुआएँ की जा रही हैं। उसका एमबीए पूरा हो चुका था। उसके यूनिवर्सिटी टॉपर को एक बड़े बैंक ने बस पन्द्रह लाख के पैकेज पर हायर किया था। ऐसे में उसकी मात्र पचपन प्रतिशत की मार्कशीट पर अभी तक कोई भी ढंग का ऑफर नहीं मिला था। स्वाति ने उसे समझाने का प्रयास किया कि अच्छी जॉब के लिए उसे सिर्फ़ कैम्पस प्लेसमेंट के भरोसे न रहकर ख़ुद भी प्रयत्न करना चाहिए। लेकिन वरिष्ठ प्रशासनिक अधिकारी का एकलौता बेटा ख़ुद किसी के पास क्यों ही जायेगा। उसने मालती देवी को भी सार्थक को समझाने के लिए कहा था। लेकिन उन्हें लगता है कि स्वाति अपनी ज़िम्मेदारियों का बोझ उनके बेटे के नाज़ुक कन्धों पर डालने की जल्दी में है। इसलिए फ़िलहाल वो उन दोनों से इस मसले पर ना कुछ पूछती है ना राय देती है। एक बार वो सेटल हो जाये तो शायद मालती देवी के अन्दर की कठोरता कुछ कम हो। कभी-कभी उसे सार्थक के भविष्य के लिए भी डर लगता। कहीं अपनी महत्त्वकांक्षा में मम्मी उसका जीवन भी तबाह ना कर दें।

"सुनो। किरायेदारों को नोटिस दे दो।"

"क्यों?"

"जितना कहा जाये उतना करो। ज़बान मत लड़ाओ।"

"अरे। अच्छी भली रेंटल इनकम है। आपको घर क्यों ख़ाली करवाना है?"

"सार्थक वापस नोएडा आ रहा है। एक फ्लोर पर वो अपना ऑफ़िस खोलेगा। ऊपर के हिस्से में एक कमरा तुम अपने लिए रोक लो बाक़ी उसका वेयर हाउस बनेगा। और नीचे वाला कमरा उसके लिए ख़ाली करो।"

"एक मिनट! कैसा ऑफ़िस? कौन-सा काम करेगा जो उसे वेयर हाउस चाहिए?"

"तुमसे मतलब!"

"हाँ। मतलब है। पहली बात कि ये एक रेसिडेंशियल प्रॉपर्टी है यहाँ हर तरह का बिज़नेस नहीं हो सकता, वेयर हाउस तो बिल्कुल नहीं। दूसरा मतलब ये है मम्मी कि मेरा सगा छोटा भाई है। फ़ीस और ख़र्चे के लिए अगर आपको मुझसे मतलब था तो अब वो क्या और कैसे करेगा ये जानना मेरा हक़ है।"

"फ़ीस देने से हक़ नहीं आता। अगर तुम्हारे बाप तुम्हारे लिए नौकरी ना छोड़ते तो तुम्हें फ़ीस नहीं देनी पड़ती। इसलिए मेरे लड़के पर तुम्हारा कोई हक़ नहीं है। हाँ, उसका हक़ है। यहाँ की हर चीज़ पर। इस घर पर भी, जो तुम्हारे बाप तुम्हारे नाम कर गये। एक बार भी ना मेरे बारे में सोचा ना अपने बेटे के बारे में।"

"पापा की सेविंग्स, इन्वेस्टमेंट और उनके इंश्योरेंस का एक-एक पैसा मैंने आपके हाथ में रखा। नॉमनी तो वहाँ भी मैं ही थी ना मम्मी? क्या डर है आपको? क्या नहीं करती हूँ आपके हिसाब से? आपने कहा पैसे दे, मैंने दे दिये। आपने कहा फ़ीस दे, मैंने दे दी। आपने जब जो माँगा मैंने बिना सवाल के आपको सौंप दिया।"

"और तेरे मोहताज हैं क्यों हम लोग? कौन है तू जो तुझसे माँगना पड़े? ज़्यादा दिक़्क़त है तो घर के पेपर साइन कर दे और चली जा यहाँ से। जाकर अपनी ज़िन्दगी जी और हमें बख़्श दे।"

"ना। ये तो नहीं होगा। मैंने हर बात मानी है। लेकिन घर से तो मैं नहीं

जाने वाली। मेरे पापा का घर है। इस घर के नक़्शे से लेकर इसमें प्रवेश करने तक सब मैंने पापा के साथ किया है। ये उनका सपना था लेकिन कब मेरा सपना बन गया मुझे पता नहीं चला। ये घर छोड़कर मैं कहीं नहीं जाऊँगी।"

"हमें निकालकर ही दम लेगी।"

"मैंने तो कभी आपसे ऐसा कुछ नहीं कहा। ना आपको जाने की ज़रूरत है ना मुझे। पापा ने तो तीन यूनिट बनायी ही इसलिए थी हम सब साथ रह सकें। मैं ऊपर अपनी यूनिट में शिफ्ट हो जाती हूँ। नीचे का आपका, सबसे ऊपर सार्थक का, जैसे पापा ने कहा था। किसी को कोई परेशानी नहीं होगी। लेकिन सार्थक की नौकरी लगने तक मैं किरायेदार नहीं हटाना चाहती। आप देख लीजिए, फ़िलहाल घर ख़र्च इससे चलता है तो हम लोगों का हाथ कभी तंग नहीं रहता।"

"अब उसकी फ़ीस बच जायेगी। उससे घर ख़र्च चलेगा। किरायेदार तो जाने पड़ेंगे।"

"फ़ीस बचेगी तो अब मैं अपने लिए बचत करूँगी। इस उम्र में पति और बच्चे तो मिलने से रहे, और आप दोनों पर अपने बुढ़ापे की ज़िम्मेदारी नहीं डाल सकती।"

स्वाति ने अपना कमरा बन्द कर लिया। वो जानती थी कि एक बार सार्थक वापस आया तो मम्मी सिर्फ़ शब्दों के बाण नहीं चलायेंगी। वो उससे ज़्यादा करेंगी। शायद कुछ ऐसा कि मैं ख़ुद यहाँ से चली जाऊँ, कहीं इसीलिए तो वो सार्थक को अपनी कठपुतली बना रही थीं? क्या वो मुझ पर हाथ उठायेगा? क्योंकि छोटे भाई से मार खाना तो। उसे याद था जब पिछली बार वो स्वाति को मारने दौड़ा था और फिर मम्मी के हाथ दिखते ही आज्ञाकारी बेटे की तरह रुक गया था। उनकी आँखों के इशारे से चलने वाला वो लड़का कुछ भी कर सकता था। सोच कर ही वो सिहर गयी, सार्थक अब उसका भैयू नहीं रहा।

सोचते-सोचते उसका दिल डूबने लगा। दिमाग़ चलना बन्द हो गया। सर में तेज़ दर्द हो रहा था। हाथ-पैर झनझना रहे थे। शायद भूख से कमज़ोरी हुई होगी। या शायद डर और स्ट्रेस से। उसने दरवाज़ा खोला तो मम्मी के कमरे की बत्ती बुझ चुकी थी। वो दबे पैर किचन में गयी और जल्दी से रोटी-सब्ज़ी के दो चोंगे बनाकर छत पर चली गयी। दोनों हाथों में चोंगे पकड़े वो घूम-घूम

के खा रही थी। दिल्ली-एनसीआर में अपनी छत होना बहुत बड़ा सुख होता है। इस छत ने उसे सहारा दिया और हर बुरे वक़्त में सँभाला भी था। ये उसकी सेफ प्लेस थी जहाँ वो सबसे बचकर साँस लेने आती थी। यहाँ से वो कैसे चली जाये?

कभी-कभी वो सोचती थी कि पिता की अधूरी ज़िम्मेदारी उसने अभी तक पूरे मन से निभाई थी। मम्मी के कोप का भाजन बनी। भाई की नफ़रत भी सही, किस लिए? इतना तिरस्कार वो क्यों सहती रही है? शुरू में तो उसे विश्वास था कि मम्मी का ग़ुस्सा दरअसल उनका दुःख है जो इस तरह से व्यक्त होता रहा। दो-तीन साल में उसकी यह ग़लतफ़हमी भी दूर हो गयी जब मम्मी का उसके साथ व्यवहार, वक़्त, जगह और ज़रूरत के हिसाब से बदल जाता। घर में लोग हों तो वो पहले वाली सौम्य मम्मी होतीं। उसके साथ रौबदार से क्रूर क्यों और कब हो गयीं ये ख़ुद स्वाति भी समझ नहीं पायी। जैसे-जैसे दिन बीते मम्मी के व्यवहार में दोगलापन और क्रूरता दोनों बढ़ते गये। मम्मी अब उसे सिर्फ़ गालियाँ नहीं देतीं। कोसती रहती हैं। उसे घर से निकालने के लिए उसके मरने की दुआ करती हैं।

लेकिन अब वो ये सब क्यों सह रही है? अब तो भाई की पढ़ाई भी पूरी हो गयी। जल्द ही उसकी नौकरी भी लग जायेगी। इसके बाद उसका इस शहर में रहना शायद ठीक न हो। लेकिन इस घर में पिता की ख़ुशबू है। यहाँ पर मिलने वाली हर प्रताड़ना से ज़्यादा अहम थी पिता की गोद। वो सुकून जो उसे पिता की स्टडी में रहते हुए मिलता है वो कहीं भी और नहीं मिलता। दुनिया के हर दुःख, हर दर्द से भागकर जब वो यहाँ आती है तो उसे स्वयं सम्बल मिल जाता। उसके ज़हन में मम्मी की आवाज़ गूँजी, 'सार्थक के लिए नीचे का कमरा ख़ाली करो।'

दस्तक

कामकाजी महिलाओं का शनिवार और रविवार, घर के सभी छूटे हुए कामों के लिए नियत रहता है। स्वाति का दिन रोज़ की तरह योग और प्राणायाम से शुरू हुआ। रविवार को उसे नाश्ते की जल्दी नहीं रहती। ऐसे सुबह आठ बजे वो खा-पी कर ऑफ़िस के लिए निकलने लगती है। वीकेंड पर वो इंटरमिटेंट फास्टिंग करती। व्यायाम के बाद किरायेदारों को कैसे बताया जाये, वो इस क़वायद में जुट गयी। ऐसे तो सार्थक अगले हफ़्ते ही आ जायेगा लेकिन एक महीने से कम का नोटिस देना ग़लत होगा। ये सोच कर उसने सभी से आज बात करने का फ़ैसला किया था। मम्मी को क़ानूनी समस्या होने का हवाला देकर उसने दोनों किरायेदारों के लिए एक महीने के वक़्त की माँग रखी थी जिसे उन्होंने क़ानूनी लड़ाई के डर से मान लिया। इन कुछ हफ़्ते के लिए सार्थक मम्मी के कमरे में रह लेगा। हालाँकि अभी भी वो दोनों किरायेदारों को हटाने के पक्ष में नहीं थी लेकिन मम्मी की बात मान लेना उसके लिए अपनी ऊर्जा और मन की शान्ति बचाने जैसा था। क्योंकि कितना भी समझाया जाये, जब बात सार्थक की हो तो वो कुछ भी सुनने-समझने से इनकार कर देतीं। अभी किरायेदारों के जाने में लगभग एक महीने का समय था लेकिन उसके कमरे को सार्थक के हिसाब से तैयार किया जाना था इसलिए स्वाति ने अपने कमरे का सामान अलग करके समेटना शुरू कर दिया था। मम्मी कमरे को पूरा ख़ाली चाहती हैं ताकि उसकी रंग और सज्जा भी नये तरीक़े से की जाये। अब इस कमरे का रंग भी बदल जायेगा। उसने पिछले सात सालों में इस कमरे को बस एक ही बार पेंट करवाया था। दोबारा वही पर्ल येलो रंग जो पापा का फेवरेट था। अब यहाँ पहले जैसा कुछ नहीं रह जायेगा। ऐसे में पापा की स्टडी

से सारी किताबें उसे एक बार माँगने से ही विरासत के तौर पर मिल गयी थीं। रद्दी में जाने वाली किताबों को उसके माँग लेने से मम्मी को कुछ सौ रुपयों का नुक़सान ही हुआ। इतना नुक़सान उठाने को वो आराम से तैयार हो गयी। काश घर के किसी भी कोने में उसे बस एक कमरे में अपना जीवन गुज़ारने दें। उस अकेली के लिए इतना ही काफ़ी था।

सार्थक के आने की ख़बर से वो प्रसन्न थी या आतंकित थी ये तो नहीं पता लेकिन आशंकित ज़रूर थी। अब घर को उसके नाम पर करने की माँग और ज़ोर पकड़ेगी। जो क्लेश महीने-पन्द्रह दिन में होते थे शायद हर दूसरे दिन हों। जब भी वो अपना मन मज़बूत करके सब उन्हें सौंपने का सोचती तब-तब उसकी अपनी आत्मा उसे धिक्कारती। कैसे वो आदिवासी क्षेत्रों और दूरदराज़ के अविकसित गाँव की महिलाओं के लिए काम करती रही है। उनके सैनिटेशन और मेन्सुरल हेल्थ पर काम करके ही उसे पहली पहचान मिली। कैसे उसने महिला अधिकार की जंग में उनके परिवारों को शिक्षित किया। बच्चों के स्वस्थ वातावरण के प्रति पूरी-पूरी कम्युनिटी को जागरूक किया। कैसे उसने अपने घर की पुरानी सहायिका लाखी को उसके पति की मौत के बाद उनके गाँव की सम्पत्ति में हिस्सा दिलाया था। वो हिस्सा जो उसके जेठ और सास-ससुर उसे नहीं देना चाहते थे। लाखी और उसके बच्चों के लिए स्वाति ने पूर्वी उत्तर प्रदेश की एक छोटी-सी ग्राम पंचायत से डिस्ट्रिक्ट कोर्ट तक सब एक कर दिया था। ऐसे लोगों के लिए वो बदलाव की नायिका थी। और आज वो अपने उस अधिकार को छोड़ देना चाहती है जो उसे अपने पिता और भारत के संविधान से मिला था। उसके क़दम रुक जाते। एक द्वन्द्व है जो उत्तरदायित्व और अधिकार के बीच लगातार चलता रहता है।

पूरा हफ़्ता मन और मस्तिष्क के संघर्ष में बीता। कुछ संघर्ष मम्मी के साथ में चलता रहा। आख़िर आज की चंडीगढ़ शताब्दी से उनका लाड़ला आ रहा है। पाँच साल बाद वो हमेशा के लिए घर लौट रहा था। मम्मी ख़ुशी से फूली नहीं समा रही थी। उनका कमरा सार्थक के रहने के हिसाब से तैयार किया जा चुका था लेकिन मालती देवी के दिल को सन्तोष कहाँ? साल-छह महीने में एक-दो दिन के लिए आता तो उनके कमरे में ही रुकता लेकिन उसे अकेले रहने की आदत हो गयी है। उन्हें लगता कि वो सहज नहीं हो पाता। इतने सालों

में बहुत कुछ बदल जाता है वो और उसकी आदतें भी काफ़ी बदल चुकी थीं। वो रातभर जागता और दिन चढ़ने तक सोता। अब तो उसका खानपान भी पहले से काफ़ी बदल गया है। शाकाहारी परिवार का लाड़ला अब हफ़्ते में चार बार बिना चिकन खाये नहीं रह पाता। आख़िर घर की घण्टी बजी।

"देख जल्दी, भैयू आया होगा।" मालती देवी ने स्वाति को गेट खोलने का आदेश दिया। स्वयं भी उसके पीछे-पीछे पोर्च में आ गयीं।

स्वाति ने दरवाज़ा खोला। सार्थक उससे कुछ बोले बिना सीधे मम्मी की तरफ़ बढ़ गया। उनके पैर छूकर गले लग गया। उसके हाथ में कोई सामान नहीं था। टैक्सी अभी भी खड़ी थी। शायद अभी उसने पैसे नहीं दिये होंगे, ये सोच कर सामान उठाने स्वाति बाहर टैक्सी के पास आयी। टैक्सी वाला डिग्गी से सामान उतार रहा था। एक लड़की गाड़ी से निकलकर सामान चेक करने लगी। मँझले क़द की एक प्यारी-सी लड़की घुटनों तक की एक घेरदार ड्रेस में खड़ी थी। सुन्दर लम्बे बाल पीठ पर लहरा रहे थे, बहुत सुन्दर सी आँखों में मोटा-मोटा काजल लगा था, एकदम क़ुर्बान वाली करीना कपूर जैसे। मुँह में शायद च्वीइंग गम था, सो टैक्सी वाले को इशारों में समझाकर उसने बताया कि स्कैन करके पेमेंट कर दिया है। टैक्सी वाले चेक करके, शुक्रिया कहा और चला गया।

"मैं मदद करूँ?" स्वाति ने उसे अकेले सामान उठाते देखा तो पूछा।

"नहीं। आप रहने दो वरना वो सड़ जायेगा।" उसने जीभ को दाँतों के बीच दबा कर आँख मारकर कहा। उसने एक बैग उठाया और बाक़ी सामान सड़क पर छोड़ कर गेट के अन्दर आ गयी। उसने वहीं से ज़ोर की आवाज़ लगायी, "ओय! सार्थक सामान उठा भई।" सार्थक बाहर दौड़ा। मालती देवी उसके साथ किसी लड़की को आया देखकर हैरान हो गयीं। स्वाति को वो बड़ी बिन्दास लगी। वो मम्मी के पीछे आकर खड़ी हो गयी। मम्मी ने उसे आँख दिखाकर भाई की मदद करने को कहा तो उसने भी उस लड़की की तरफ़ इशारा करके सर ना में हिला दिया। सार्थक बारी-बारी सारा सामान अन्दर ले आया। सामान सहित मेहमान बैठक में पहुँच गये। काफ़ी रात हो चुकी थी। घर के दरवाज़े बन्द हो गये।

स्वाति गेट पर ताला डालकर वापस आयी तो बैठक में अब भी सन्नाटा

था। किसी को कुछ बोलता हुआ न देखकर उसने पेशकश की, "सामान सुबह रख लेना। दोनों थक गये होंगे। चलो फ्रेश हो जाओ फिर खाना लगा देती हूँ।"

"शताब्दी में खाना मिला था। हम दोनों ने खा लिया है। आप फिकर ना करो।" उसने पंजाबी से एक्सेंट में फ़िक्र को फिकर कहा जो स्वाति को बहुत क्यूट लगा। मम्मी अब भी चुप रहीं। वो सार्थक को घूर रही थीं लेकिन वो मुँह में दही जमाये बैठा था।

स्वाति ने फिर बात को आगे बढ़ाया, "तब ठीक है। चलो फिर सोने की तैयारी करते हैं। तुम चाहो तो मेरे रूम में सो सकती हो। सार्थक मम्मी के साथ सो जायेगा।"

"हाँ जी। ये ठीक हैगा।" उसने सार्थक की तरफ़ देखकर स्वाति को जवाब दिया, "और जी मेरा नाम पूजा है।"

स्वाति ने सर हिलाकर उसकी बात का संज्ञान लिया। सब बैठक से उठ गये। सार्थक मम्मी के कमरे में चला गया। पूजा एक छोटा बैग उठाकर स्वाति के साथ उसके कमरे में चली गयी। स्वाति के कमरे में भी बड़ा पलंग पड़ा था। दो लोग आराम से आ सकते थे। स्वाति ने कमरे में आकर उसे वाशरूम भी दिखा दिया। लड़की कपड़े बदलने अन्दर चली गयी। स्वाति अपने कमरे से निकलकर तेज़ी से मम्मी के कमरे में गयी। मम्मी सार्थक से सवाल-जवाब कर रही थीं। वो ठुड्डी पर चेहरा टेककर बैठा था। स्वाति ने दरवाज़ा बन्द किया।

"क्या कर रही हो आप। बाहर तक आवाज़ आ रही है। क्या सोचेगी वो। धीरे बोलो।"

"धीरे बोलूँ? इससे पूछो कौन है और यहाँ क्यों आयी है। कितना दिन रहेगी, पूछो?"

बड़े ज़माने बाद वो दिन आया था जब स्वाति भैयू और मम्मी के बीच रेफ़री थी। पहले उसने मम्मी को समझाने की कोशिश की, "मम्मी, साथ में पढ़ने वाली दोस्त होगी। क्यों आयी है, ये बता देगा। आराम से पूछो। इतना स्ट्रेस क्यों ले रही हो।"

"स्ट्रेस न लूँ ? पाँच साल बाद लड़का घर आया है। साथ में लड़की लाया है जो पेट से है। स्ट्रेस न लूँ?"

"हैं! पेट से? अरे मम्मी। वो गोल-मटोल सी है। गाल भी तो फूले हैं। आप भी।" स्वाति को हँसी आयी लेकिन सार्थक के चेहरे के बदलते रंग देखकर हँसी ग़ायब हो गयी। अभी तक सार्थक ने कुछ नहीं कहा था लेकिन मम्मी की अनुभवी आँखों ने उसकी झुकी हुई नज़रों का कारण पकड़ लिया था। स्वाति भी वहाँ धम्म से बैठ गयी।

"सच-सच बता क्या चल रहा है।" मम्मी फिर से गरजीं।

इतने में पूजा दरवाज़ा धकेलकर अन्दर आ गयी, "जी। मैं आपकी बहू। हमने पिछले महीने ही कोर्ट में शादी की। आप दादी बनने वाली हैं, एक्जैक्ट्ली चार महीने बाद।" सार्थक की तरफ़ से उसने जवाब दिया।

स्वाति और उसकी मम्मी दोनों ही सकते में आ गये। अब जब पूजा टी शर्ट पहन कर आयी तब स्वाति को उसका पेट और चूड़ा दोनों दिखा। उसकी अम्ब्रेला कट ड्रेस में उसकी प्रेग्नेंसी का पता ही नहीं चला। पूजा ने अपने लम्बे बाल लपेटकर जूड़ा लगाया। जूड़ा उसकी गर्दन पर ढुनक गया। सार्थक के क़रीब ही वो सोफ़ा पर बैठ गयी। मम्मी अब भी शॉक में थीं। सार्थक ने उनका हाथ पकड़ना चाहा तो उन्होंने झटक दिया। उनका ग़ुस्सा लावे की तरह उनकी आँखों से बहने लगा। उनके ग़ुस्से का ज्वालामुखी फटने को था। स्वाति को समझ नहीं आ रहा था कि वो क्या बोले।

"इसलिए भेजा था तुमको? ये काण्ड करके आये हो? वापस आने की ज़रूरत क्या थी? वहीं रहते अपने बीवी बच्चे के साथ। यहाँ क्या लेने आये हो?" मम्मी ने अपनी शिकायतों की पहली क़िस्त शुरू की, "कौन है? किस परिवार से है? क्या ख़ानदान है कुछ सोचा-समझा? या बस चमड़ी देखकर कुत्ता बन गये।"

"मम्मी! अभी आप ग़ुस्से में हो। कल सुबह बात करते हैं। ये दोनों भी थककर आये हैं। पूजा तुम और सार्थक उस कमरे में साथ भी रह सकते हो। बता देना जैसा कम्फर्टेबल हो।" बोलते-बोलते स्वाति ने पूजा से उठने का इशारा किया।

"नहीं मैं आपके साथ रहूँगी, इसे आंटी से बहुत बातें करनी होंगी।" उसने सौम्यता से कहा और उठकर वापस स्वाति के कमरे में चल दी। स्वाति भी उसके पीछे अपने कमरे में चली गयी।

स्वाति, एक ही रात में पूजा की स्पष्टवादिता और मुखरता दोनों की क़ायल हो गयी थी। बमुश्किल तेईस-चौबीस साल की उस लड़की में ग़ज़ब का आत्मविश्वास था। उसने स्वाति को बताया कि वो और सार्थक एक ही कोर्स में थे। ग्रेजुएशन से ही कई बार दोस्तों के साथ ट्रिप्स पर जाते रहते थे। एमबीए की शुरुआत से दोनों लिव इन में रहने लगे। उसे पता नहीं चला कि एक्जाम्स के पहले ही उसने कंसीव कर लिया था। एक्जाम्स में प्रेग्नेंसी के स्ट्रेस के बावजूद उसके पिच्चासी प्रतिशत आये थे। कैम्पस प्लेसमेंट भी अच्छा मिला था। उसका घर अम्बाला में था, माता-पिता दोनों डॉक्टर हैं और उनसे छिपाना नामुमकिन था। सार्थक एबॉर्शन को राज़ी था लेकिन एक्जाम्स और प्लेसमेंट के चक्कर में शुरू के चार महीने उन्होंने किसी को कुछ बताया नहीं। सब डिले होता गया और जब एबॉर्शन की बारी आयी तो कुछ कॉम्पलीकेशन हो गये। इसलिए माता-पिता ने रजिस्टर्ड मैरिज करवा दी। वो वहाँ पर सार्थक की प्लेसमेंट के लिए रुकी थी लेकिन कुछ अच्छा नहीं मिला, उल्टा उसने बिज़नेस की ज़िद पकड़ ली और वो दोनों यहाँ आ गये। उसके माता-पिता ने उन्हें अपने साथ अम्बाला में रहने का ऑफर दिया था जिसे उन दोनों ने ही स्वीकार नहीं किया। हालाँकि उसका जॉब ऑफर दिल्ली के लिए नहीं बल्कि मुम्बई के लिए था। उसकी कम्पनी का एक ऑफ़िस दिल्ली में है और वो फ़िलहाल फॅमिली प्रॉब्लम का हवाला देकर कुछ महीनों के लिए वहाँ ज्वाइन कर रही थी। सार्थक के लिए उसने ये रास्ता चुना। पूजा उससे वाक़ई बहुत प्यार करती थी। वो सार्थक को चिढ़ाने के लिए 'मम्मी का लाल' कहती थी। वो जानती थी कि पूरी रात मम्मी के कमरे में रहने के बावजूद सार्थक के मुँह से उनके सामने कुछ भी नहीं निकला होगा। वो सुबह मम्मी के सामने उनका पूरा सच रखने के लिए तैयार थी। वो सार्थक को बहुत अच्छी तरह से जानती थी। उसे स्वाति और सार्थक के रिश्ते की कड़वाहट के बारे में भी पता था। और सब कुछ जानकर भी उसने स्वाति को सार्थक के नज़रिये से न देखकर नये सिरे से जानने की पहल की।

सोमवार की सुबह, स्वाति भागती-दौड़ती सुबह के काम निबटा चुकी थी। उसने पूजा को नाश्ते के लिए बुलाया।

"अभी तो आठ बजे हैं, इतनी जल्दी नाश्ता?" उसने स्वाति से पूछा।

"हाँ। पहली बात कि मेरे ऑफ़िस निकलने का टाइम ये है, मुझे मेट्रो से क़रीब पौने दो घण्टे लगते हैं। और दूसरी बात, तुम्हारे लिए इस अवस्था में समय से खाना बहुत ज़रूरी है। शताब्दी में साढ़े आठ या नौ बजे खाया होगा। बारह घण्टे होने को हैं। तुम्हें खाना चाहिए।" स्वाति ने समझाया।

"बात तो आप ठीक ही कह रहे हो। भूख तो आजकल बहुत ज़्यादा लगती है।" हँसती हुई वो साथ बैठ गयी। उसने एक बार इधर-उधर देखा। शायद सार्थक को ढूँढ़ रही थी। लेकिन वो और स्वाति दोनों जानते थे वो दस ग्यारह बजे से पहले उठने वाला नहीं था। पूजा के साथ नाश्ता करके स्वाति ऑफ़िस के लिए निकल गयी।

वो आज रोज़ से क़रीब बीस मिनट लेट थी। यानी आज हर्ष के जाते समय मिलने की सम्भावना रोज़ से ज़्यादा थी। हर्ष से मिलना अब कभी-कभी का संयोग नहीं रहा। अब मित्रता में प्रेम भी गहरा हो चुका था। अब उनके बीच औपचारिकता का कोई स्थान नहीं था। एक-दूसरे से मिलने के लिए वो दोनों राजीव चौक पर टकरा जाने पर निर्भर नहीं थे। अब वो हक़ से समय तय करके मिल लेते। एक-दूसरे के समय के हिसाब से अपने-अपने ऑफ़िस से निकल लेते या प्रतीक्षा भी कर लेते। अब दोनों का आना-जाना साथ ही था। हफ़्ते में एक-दो बार साथ में चाय पी लेते। किसी दिन वो ज़्यादा व्यस्त होती तो हर्ष गुड़गाँव पहुँच जाता। कभी स्वाति हौज़ खास पर ही उतर जाती। हौज़ खास विलेज, सीपी के बाद उनकी पसन्दीदा जगह थी।

बचपन के मित्र के साथ सही समय मिले तो मित्रता गहरी होते समय नहीं लगता। अब उन्हें एक-दूसरे के घर की बातें भी पता थीं। स्वाति ने कम बताया लेकिन उसने ध्यान से सुना और ज़्यादा समझा। अब हर्ष जानता था कि मालती आंटी का रवैया स्वाति के साथ कैसा था। उनके सम्पत्ति विवाद और पुत्र मोह दोनों से वो भली-भाँति वाक़िफ़ था। वो अब महीने में एक आध चक्कर उसके घर का भी लगा लेता। आंटी से बातें करता। उनसे बात करके उनके अकेलेपन और कड़वाहट को कम करने की कोशिश भी करता। ऐसे

तो अब हर्ष और स्वाति के बीच कोई राज़ नहीं थे, स्वाति उसे बेहतर समझने लगी थी। हर्ष को लेकर उसकी आशंकाएँ धीरे-धीरे मिट रही थीं। फिर भी उसने अब तक अपने प्रमोशन की बात उसे नहीं बतायी थी। आज तो उसके पास हर्ष को बताने के लिए बहुत कुछ था, इस उत्तेजना में मम्मी का मायूस चेहरा उसकी आँखों के आगे घूम गया। 'सार्थक के इस क़दम से मम्मी पर क्या बीत रही होगी? मम्मी के तो बहुत से सपने थे। बेटे की नौकरी, बेटे का बिज़नेस, बेटे की कमाई और फिर बेटे के लिए योग्य बहू। कितना कुछ प्लान किया हुआ था उन्होंने। अब क्या होगा? अगर मम्मी पूजा को अपना लें तो बेहतर है। वो योग्य भी है और मिलनसार भी। मम्मी और सार्थक के सम्बन्धों के लिए भी यही अच्छा था।' वो गहरे ख़यालों में डूबी थी, मेट्रो आ चुकी थी लेकिन स्वाति वहीं खड़ी थी। दरवाज़े बन्द होने की वार्निंग बीप बजने लगी लेकिन उसकी तन्द्रा नहीं टूटी।

"कहाँ खोयी हो।" हर्ष उसका हाथ पकड़कर मेट्रो में खींच लाया। गेट बन्द हो गया।

"सॉरी।"

"क्या हुआ है?"

"कुछ नहीं कल भैयू आ गया।"

"अच्छा। सब ठीक है? कुछ हुआ क्या?"

"नहीं। उसके साथ उसकी गर्ल फ्रेंड भी आयी है।"

"अरे वाह!"

"वाह क्या! मम्मी तुम्हें दोष दे रही थीं। तुम्ही ने शुरू किया था ये ट्रेंड।" स्वाति हँसकर बोली।

"ओह भाई। ये कल के लौंडे हमसे मुक़ाबला करेंगे? हम तो गृहस्थ आश्रम को विदा कर वानप्रस्थ में प्रवेश कर चुके। सन्त टाइप लोग हैं यू नो।" उसने उतनी ही चुहलबाज़ी से जवाब दिया।

"आई नो।"

दोनों हँसते-बतियाते अपने गन्तव्य की ओर चले जा रहे थे। अब दोनों को अतीत की किसी बात का मलाल नहीं बचा था, शायद। वो आपस में हर दु:ख साझा कर चुके थे। हर बात की अलग-अलग परत खोल चुके थे। अब

हर सीलन का इलाज हो चुका था। हर्ष को स्लो लाइफ़ में आनन्द आ रहा था। स्वाति भी अब दौड़ना नहीं चाहती थी। शायद एक बार घर पर सब स्थिर हो जाये तो वो भी ख़ुद को थोड़ा आराम देना चाहती है। आराम दिमाग़ को भी देना है। उसे प्रमोशन का बताना है। ये सोचते उसने हर्ष से कहा, "सुनो! इस हफ़्ते बड़ी तुमको पार्टी देनी है। जगह और वक़्त तुम बताना।" अब उसे आराम लग रहा था।

मन्थन

स्वाति ने काफ़ी मन्थन के बाद जाना कि अब उसे हर छोटी-बड़ी बात को घर पर पूछना और बताना ज़रूरी नहीं है। क्योंकि ज़्यादातर बातें न मम्मी को समझ आती थीं न सार्थक को। बल्कि कई बार तो ज़रूरी बात के लिए भी वो मना कर देते, सिर्फ़ इसलिए कि उससे स्वाति को तक़लीफ़ होती। राष्ट्रीय स्तर पर कम्पनी के बड़े-बड़े फ़ैसले लेने वाली स्वाति को अपनी आउट स्टेशन मीटिंग्स में जाने के लिए मम्मी और ख़ुद से छोटे भाई की इजाज़त चाहिए होती। पिता के रहते ऐसा नहीं था, तब वो सिर्फ़ बताती कि वो टूर पर कहाँ जा रही है। पिता साथ चलने का प्रस्ताव देते। मम्मी जगह के हिसाब से उसे पैकिंग और सुरक्षा के निर्देश देती जातीं। पच्चीस-छब्बीस की उम्र में भी उसके ऊपर घर ने निकलने के लिए आज जैसी रोक-टोक नहीं थी। अब जब वो सैंतीस की हो जायेगी, तब उसे दिल्ली के आसपास जाने के लिए भी मम्मी और भाई की कभी चिरौरी करनी पड़ती कभी लड़ाई। हालाँकि पिछले दो सालों से उसने कोशिश की थी कि सिर्फ़ सूचना दे। लेकिन फिर मालती देवी, सार्थक को उसकी आवारगी के क़िस्सों में घसीट लेतीं और नशे में धुत छोटा भाई उसे गालियाँ देने से पीछे नहीं हटता। अब तो वो उस पर हाथ उठाने का मौक़ा तलाशता है। फ़िलहाल घर में सार्थक का शादी काण्ड चलने से उसको कुछ राहत है। वो नौकरी पर भी जा रही थी और टूर्स पर भी। अब उसने अपने देश और विदेश दौरे भी शुरू कर दिये थे।

जब वो दौरे पर कहीं बाहर जाती तो फ़ोन पर ही हर्ष से बात होती। रोज़ की रोज़ थोड़ी-थोड़ी बातें उसकी आदत में शुमार हो गयीं थी। शायद ये आदत हर्ष को भी लगी थी। स्वाति उसे अपने प्रमोशन की बात बता चुकी

थी, पार्टी के नाम पर उसने ला'ओपेरा में रॉयल चॉकलेट, नट्टी चॉकलेट ट्रीट और कैरेट केक पीस खाना चुना। तीनों पीस उस अकेले ने निपटाये जबकि स्वाति के मैक्रॉन और कॉफ़ी में से भी उसने चखा। इतनी चॉकलेट खाने वाला लड़का उसने पहली बार देखा था। हर्ष अपने ऑफ़िस की तरफ़ से एक मेडिटेशन रिट्रीट में जाने वाला था। उसे काफ़ी समय से इस आध्यात्मिक रिट्रीट में जाने का मन था। उसने स्वाति को साथ में ऋषिकेश चलने का प्रस्ताव दिया। स्वाति घर की उथल-पुथल से दूर तो जाना चाहती थी लेकिन उसका मन पूजा में अटका था। पूजा को मम्मी से तिरस्कार ही मिल रहा था। पिछली बार जब वो दो दिन के दौरे से वापस आयी थी तो पूजा उसे दुखी और बिलखती मिली थी। इन्सान भले ही कितना मज़बूत क्यों न हो, अगर लगातार अपमान मिले तो वो टूटने लगता है। वो पूजा को टूटने नहीं देना चाहती। उसके जैसी चहकती हुई शोख़ लड़की के ख़ामोश हो जाने से वो डरती थी।

"चलो न यार। बहुत शान्ति मिलेगी।"

"मेरे जीवन में शान्ति नहीं मालती लिखी हैं।" उसने हँसकर टाल दिया।

"सच में। क्या जीवन है हम दोनों का? तुम्हारे लिए पिता का जाना एक त्रासदी था, मेरे लिए मेरी मम्मी का जाना! लेकिन जीवन से प्रेम का जाना और भी कठिन रहा। मैं जानता हूँ तुम अपने पिता की ज़िम्मेदारी समझकर ही इतना सब सहती हो। बेटी समझकर कर रही होतीं तो अपने लिए लड़ती न तुम? लेकिन अब पिता का तर्पण गंगा जी में कर दो। उन्होंने बहुत किया। तुमने उनके बिहाफ़ पर बहुत कर लिया। जीना भूल चुकी हो। अब इस उम्र में थोड़ा सुस्ताना, मन और शरीर की ऊर्जा को रीचार्ज करना ज़रूरी है। कभी-कभी कुछ ना करना भी बहुत ज़रूरी होता है।"

"मैं समझती हूँ हर्ष। ईश्वर ने चाहा तो जल्दी चलेंगे। अगले महीने पूजा की डिलीवरी होनी है, एक बार सब कुछ ठीक से हो जाये फिर गंगा नहाने जाना ही है। मेरा तो मन है वहीं कहीं बस जाऊँ। गंगा का किनारा और पहाड़ों की छाँव।"

"पहले यहाँ से निकलने का वक़्त तो निकाल लो, वहाँ बसने में अभी ज़माने लगेंगे। पूजा डिलीवरी के लिए यहीं रहेगी?"

"वो अपने घर अम्बाला जाना चाहती है। उसके माता-पिता दोनों डॉक्टर हैं। लेकिन उसकी सास और उनके सुपुत्र को बिना यहाँ से हिले सब कुछ यहीं चाहिए।"

"हाँ भाई। उनका डर भी ठीक है। उनके पीछे से तुम कहीं भाग गयीं तो?"

"किस मुग़ालते में हो? भाग जाऊँ तो कोई दिक़्क़त नहीं है। उनके पीछे से यहाँ रहकर उनके सुपुत्र की सम्पत्ति पर कब्ज़ा न कर लूँ इसका डर सताता रहता है।"

स्वाति अब इन बातों को मज़ाक़ में उड़ा देती है। लेकिन उसकी मोटी आँखों में तैरती नमी गवाह है कि घाव अभी हरे हैं। हर्ष ये जानता है। इसीलिए वो चाहता है कि इस रिट्रीट में वो उसके साथ जाये। अब हर्ष हर छह महीने पर योग रिट्रीट में जाने का प्रण कर चुका है। उसे ध्यान और योग से बहुत फ़ायदा हुआ। पहले वो योग और योगा का अन्तर नहीं समझता था। यूएस में रहकर उसने योगा को बस शारीरिक व्यायाम ही जाना था। वापस भारत आकर उसने योग को अपनाया। मन और शरीर दोनों के लिए योग ज़रूरी है और मैडिटेशन इसका गूढ़ भाग है। वो चाहता था कि जैसे उसे अपने दु:खों से उबरने और जीवन में आगे बढ़ने का साहस मिला, वो स्वाति को भी मिले। लेकिन स्वाति है कि परिवार को छोड़कर हफ़्ते भर भी बाहर नहीं जाती। कभी मम्मी की तबीयत, कभी भाई का संघर्ष और अब पूजा की देखभाल। कुछ उस पर ज़िम्मेदारियाँ हैं भी ज़्यादा, कुछ उसमें मातृत्व की भावना ज़्यादा थी और कुछ उसे भी इन सब में जुटे रहने की आदत। हर बार मना कर देने वाली स्वाति से इस बार उसे अगली रिट्रीट पर साथ चलने का वादा मिला है।

परिवार के प्रति उसकी ज़िम्मेदारियाँ अब पूरी हो चुकी हैं, अब तो शायद उन्हें उसकी कमाई की ज़रूरत भी न हो। सब उसने ख़ुद ही पकड़ रखा है। जिस दिन पकड़ ढीली हुई सब छूट जायेगा। शायद ही कोई हाथ उसे थामने रुके। कोई भी वापस पलटकर नहीं आने वाला। सच जान लेने में वक़्त लगता है लेकिन उसे मान लेने में बहुत लम्बा वक़्त लगता है। सब जान कर भी 'दिल है कि मानता नहीं।' अपनी मम्मी और भाई से उसका मोह भंग हो चुका था लेकिन अब उसका दिल पूजा और उसके आने वाले बच्चे के लिए फ़िक्रमन्द

था। ज़िन्दगी जैसे-जैसे सच दिखाती जाती है दिल वैसे-वैसे नये बहाने ढूँढ़ कर आँखें मूँद लेता है। पूजा के आने से उसका अकेलापन कम हो गया था। उसे लगता था कि पूजा की सन्तान उसके जीवन का सूनापन भी ख़त्म कर देगी। "पूजा! देखकर बेटा।" पावदान में उलझकर लड़खड़ाती पूजा को सँभालती हुई स्वाति ने उसे चेताया। और अगले ही पल उसने पावदान उठाकर कूड़ेदान में फ़ेंक दिया।

"अरे दी। उसे क्यों फेंक दिया? उसकी ग़लती थोड़ी न थी।"

"बेकार है एकदम। अभी तुम गिर जाती तो? ऐसी कोई भी चीज़ यहाँ पर होनी ही नहीं चाहिए जिससे ख़तरा हो।" स्वाति ने लाड़ से बोला।

"ख़तरा बस तुमसे ही है। अपना घर-परिवार तो है नहीं, भाई के परिवार को भी नज़र लगा दो।" मालती देवी झुँझलाकर बोली।

स्वाति ने निराशा से मुँह फेर लिया। उनके ज़हन में जावेद अख़्तर की नज़्म की पंक्तियाँ गूँज गयीं।

बड़ी रौनक थी इस घर में, ये घर ऐसा नहीं था,
गिले शिकवे भी रहते थे, मगर ऐसा नहीं था
जहाँ कुछ शीरी बातें थीं, वहीं कुछ तल्ख़ बातें थीं,
मगर उन तल्ख़ बातों का असर ऐसा नहीं था।

मालती देवी को पता था कि बिना स्वाति के पूजा का ख़याल रख पाना उनके लिए फ़िलहाल मुमकिन नहीं था। वो ही इतने महीनों से उसकी देखरेख कर रही थी। डॉक्टर, अस्पताल, दवा सब कुछ स्वाति निपटा रही थी। जिससे सार्थक को अपने नये काम पर ध्यान देने का वक़्त मिल पा रहा था। लेकिन फिर भी उसे सराहना तो दूर उनके मुँह से प्यार के दो बोल नहीं निकलते थे। अब स्वाति दूसरी मंज़िल के अपने हिस्से में रहती है। सार्थक और पूजा, मालती देवी वाले कमरे में और वो अब शर्मा जी की उसी स्टडी में रहती हैं जहाँ पिछले कई सालों से स्वाति रह रही थी। बीच का फ्लोर अभी ख़ाली है। सार्थक वहाँ काम करवाने के लिए बीच-बीच में फैब्रिकेटर बुलाता रहता है लेकिन अभी तक काम शुरू नहीं हो पाया। मालती देवी की मानें तो स्वाति की नज़र की वजह से उनके सुपुत्र का बनता हुआ काम बिगड़ जाता है।

हॉस्पिटल की लॉबी में दो दिन से दौड़-भाग करती स्वाति को अब पूरा मेटरनिटी वार्ड पहचानने लगा था। पूजा आज सुबह से ही लेबर में थी। पहले बच्चे के होने में दर्द और वक़्त दोनों ज़्यादा लगते हैं। स्वाति और सार्थक दोनों लेबर रूम के बाहर चहलक़दमी कर रहे थे। पूजा के डिलीवरी रूम में जाने के बाद से स्वाति ने उसे नहीं देखा। क़रीब दो घण्टे हो गये थे। सार्थक वहाँ जा सकता है लेकिन वो जा नहीं रहा। उसे शुरू से ही अस्पतालों में डर लगता था, बल्कि ख़ून देखकर चक्कर भी आते थे।

बच्चे को जन्म देते वक़्त जो दर्द माँ सहन करती है वो शारीरिक पीड़ा की पराकाष्ठा होती है। पूजा लगातार अपने दर्द से जूझ रही थी। समय बढ़ता गया लेकिन बच्चे का आगे सरकना शुरू नहीं हुआ। रात हो गयी तो सार्थक आराम करने अपनी मम्मी के पास घर चला गया। अस्पताल में पूजा के साथ स्वाति की ड्यूटी थी। पूजा आते-जाते दर्द के भँवर में बेहोश हो जा रही थी। अब उसकी हिम्मत टूट गयी थी। शरीर भी थक गया था। उसकी नब्ज़ गिरने लगी तो डॉक्टर्स ने ऑपरेशन की तैयारी कर ली। स्वाति के कई बार फ़ोन करने पर भी सार्थक का फ़ोन नहीं उठा, शायद दिन भर का थका वो सो गया था। पूजा के ऑपरेशन के फॉर्म पर स्वाति के दस्तख़त लिए गये।

ऑपरेशन पूरा हुए कुछ घण्टे हुए तब पूजा को कमरे में शिफ्ट किया गया। वो अभी पूरी तरह से होश में नहीं थी। बच्चा अभी भी अस्पताल की नर्सरी में था। स्वाति उसके कमरे में उसके पास थी। दिनभर की थकी और रातभर की जगी स्वाति भी पास पड़ी बेंच पर निढाल हो गयी। कमरे में आती-जाती नर्स और डॉक्टर्स के राउंड्स के बीच वो जितना आराम कर सकती थी वो उसने कर लिया। वो इन्तज़ार कर रही थी कि कब कमरे में कोई और भी आ जाये तो वो बच्चे को देखने नर्सरी चली जाये। अब पूजा भी जग रही थी और अपना बच्चा देखने को लालायित थी, "दीदी, आप ले आओ ना उसे।"

"वो लोग ऐसे बच्चे को देंगे नहीं, बोल रहे हैं कि जॉन्डिस है।"

"अरे! सब बच्चे हल्के से पीले होते हैं। थोड़ी सी धूप दिखानी है बस। ले आओ न दी।" पूजा के माता-पिता डॉक्टर हैं, ये बात स्वाति को शायद याद नहीं थी।

"अच्छा बाबा। कोशिश करती हूँ। तुम अकेले रह लोगी कुछ देर।"

"हाँ दी। जाओ न आप।"

स्वाति बच्चों की नर्सरी की तरफ़ चल दी। जैसे-जैसे वो नर्सरी की तरफ़ बढ़ रही थी उसके पेट में गुदगुदी बढ़ती जा रही थी। काँच के पार बहुत से छोटे-छोटे झूलेनुमा बिस्तरों पर नन्हे-मुन्ने बच्चे दिख रहे थे। सहसा उसे ख़याल आया कि 'इतने बच्चों में वो अपने दिल के टुकड़े को कैसे ढूँढ़ेगी?' उसने नर्स स्टेशन पर बैठी महिला से पूछा, "सिस्टर, बेबी ऑफ़ पूजा शर्मा?"

"दिस वे मैम।" उसने स्वाति को रास्ता दिखाया। नर्सरी से पहले के कक्ष में उसके हाथ सनेटाइज़ करवाकर उसे एक सफ़ेद रॉब पहना दिया गया। बालों पर भी शावर कैप जैसा कवर लगा दिया गया। सिस्टर उसे बच्चे को ना चूमने की हिदायत देते हुए नर्सरी में दाख़िल हुई और उसे उँगली के इशारे से 'बेबी ऑफ़ पूजा शर्मा' बताया।

नीले कपड़े में लिपटा हुआ गुलाबी सा रुई का फाहा। पैरों पर लगे सफ़ेद कंगन नुमा टैग में माँ का नाम। स्वाति ने उसे धीमे से उठाकर सीने से लगा लिया। भरी हुई आँखें छलकने लगीं। अन्दर से कितने सारे भाव एक साथ उमड़ रहे थे। इस पल में उसे पिता याद आ रहे थे। इस पल में उसे पहली बार सार्थक को अपनी गोद में उठाना याद आ रहा था। इस पल में उसके अन्दर ममता का झरना फूटा पड़ रहा था। उस नन्हे से बच्चे ने उसकी उँगली थाम ली। छलकती आँखों से उसका मासूम चेहरा और भी उजला और भी प्यारा लग रहा था।

"क्या मैं इसे इसकी माँ के पास ले जा सकती हूँ ?" उसने सिस्टर से पूछा।

"नहीं मैम, अभी अलाऊ नहीं है।"

"क्यों, कल रात से बच्चा यहाँ है। मैं इसे ले जा रही हूँ।" कड़ाई से नर्स को आँखें दिखाकर स्वाति ने बच्चा ख़ुद से सटा लिया।

"मैम, उसे जॉन्डिस है। कुछ हो गया तो अस्पताल की ज़िम्मेदारी नहीं होगी।" नर्स ने अपने अन्दाज़ में उसे धमकाया।

"कोई नहीं। बच्चे के नाना-नानी दोनों ही डॉक्टर हैं। उन्होंने बताया कि बच्चे को बस धूप दिखानी है। मैं इन्हें धूप में ले जा रही हूँ।"

स्वाति के इस जवाब के बाद नर्स ने कुछ भी नहीं बोला। वो बच्चे को

नर्सरी से सीधे पूजा के पास लायी। पूजा से मिलवाने के बाद उसे लेकर सुबह की गुनगुनी धूप दिखाने ले गयी। माँ जब सार्थक को सुबह की धूप दिखाती थीं तो उसका चेहरा छाँव में रखतीं और उसके पैर धूप में खोल देतीं। स्वाति भी शौक़ में भाई को गोद में लेकर धूप दिखाने जाती। उस वक़्त पिता सरकारी मकान में रहते थे। उत्तरमुखी उस घर में सिवा छत, कहीं भी धूप नहीं आती थी। स्वाति पड़ोस की छत के मुँडेर पर बैठकर सार्थक को धूप दिखाती। आज सार्थक के बच्चे के लिए उसे वैसे ही प्रेम उमड़ रहता जैसे उसके बचपन में उस पर आता था। आज उसे अपने अन्दर कोई ख़ालीपन महसूस नहीं हो रहा। आज कोई अधूरापन नहीं है। आज एक नन्हे से बच्चे की छुअन भर से उसके सारे दुःख, सारी पीड़ा जैसे ख़त्म हो गयी। कल के जन्मे इस बच्चे से जो जुड़ाव वो इस वक़्त महसूस कर रही थी वो उसने इतने सालों के जीवन में किसी से नहीं किया। ख़ून का खिंचाव कहो या प्रेम की पुकार कहो लेकिन ये अद्‌भुत भावना उसके लिए भी नयी थी।

बुई

"चीकू!!! जल्दी करो बस आ जायेगी।" स्वाति किचन में उसका टिफ़िन पैक करते हुए आवाज़ लगाती जाती, "आ जाओ बेटू। अभी नाश्ता भी बाक़ी है।"

पिछले साल तक उसे नहलाने से लेकर, तैयार करने और स्कूल भेजने तक के सब काम वो ख़ुद करती थी।

अब चीकू अपने आप तैयार हो जाता है लेकिन इसके लिए भी लगातार उसको धक्का मारना पड़ता है। चार-पाँच बार में उठना। फिर नित्यकर्म से निवृत्त होना और नहाना, तैयार होना आदि स्वाति की बार-बार आती आवाज़ और आदेशों के साथ होता। इधर वो ढीली पड़ती उधर वो वापस बिस्तर पर लोट जाता। स्वाति दुलार से मनुहार से उसे बार-बार जगा के, समझा के स्कूल भेजती। चीकू को सबके हाथ का खाना पसन्द नहीं आता इसलिए उसका नाश्ता और टिफ़िन उसकी 'बुई' ही बनाती। स्वाति चाहती थी कि उसका नाम पिता के नाम पर रखा जाये लेकिन माँ और भाई ने मना कर दिया। भला 'मुर्दों' के नाम पर भी किसी का नामकरण होता है। पुरखों और मुर्दों के अन्तर को वो दोनों समझ न सके। स्वाति के दिये नाम 'केशव' को प्राचीन कहकर नकार दिया गया। घर में सब चीकू कहते हैं जबकि स्कूल में उसका नाम 'जतस्य' है। पाँचवीं कक्षा के हिसाब से नौ साल का चीकू बहुत समझदार है। उसके माता-पिता दोनों ही अपने-अपने काम में व्यस्त रहते, ऐसे में उसकी बुई ही उसके जीवन की धुरी थी। वो अपनी बुई के सबसे क़रीब है। स्कूल में भी कोई उससे पूछता कि 'तेरी बुई क्या करती है' तो वो बताता, 'मेरी बुई, मेरे लिए खाना बनाती है, मुझे कहानियाँ सुनाती है, मेरी लिए लोरी गाती है और घर का सारा काम करती है। बुई दादी से ताने सुनती है और कभी-कभी पापा से मार

भी खाती है। अकेले रोती है और मुझसे प्यार करती है।' उसके लिए बुई का जीवन बस यही था। उसने जाना ही नहीं कि उसकी बुई कुछ साल पहले तक कितने बड़े ओहदे पर थी।

चीकू के जन्म के शुरुआती कुछ महीने पूजा और उसके नवजात शिशु की देखभाल के लिए उसने घर से ही काम करना चुना। छह महीने के चीकू को स्वाति की गोद में छोड़कर पूजा ने काम पर जाना शुरू कर दिया। उसने नया-नया काम शुरू किया था इसलिए पूजा की जगह स्वाति चीकू का ख़याल रखती। उसने कई बार 'आया' रखीं लेकिन कभी 'आया' सही नहीं मिलती, कभी आया की मालती देवी से अनबन हो जाती। ऐसे में पूजा का घर से बाहर जाकर काम करना मुश्किल रहा तो स्वाति ने ही चीकू का ज़िम्मा उठाया और इससे उसका ऑफ़िस जाकर काम करना बाधित होता। सार्थक का बिज़नेस अब भी ठीक से जमा नहीं था। लेकिन वो दिनभर घर पर बने ऑफ़िस के कमरे में बैठता और बस खाने-पीने ही नीचे उतरता। पूजा ने एक बार नौकरी छोड़कर भी देख लिया, सार्थक न कमाने की कोशिश करता न ही बच्चे की देखभाल में कोई हाथ बँटाता। नवजात बच्चा सँभालना अकेले माँ के बस की बात नहीं थी। पूजा और स्वाति ऐसे में एक-दूसरे का सहारा बने रहे। पहली बार जब सार्थक ने स्वाति को मारा तब वो नशे में था। वो पूजा को मारने दौड़ा था लेकिन स्वाति के बीच में आ जाने से वो ही कोप का भाजन बनी। तब शायद चीकू ढाई साल का था। नाराज़ होकर पूजा अपने मायके चली गयी थी। पूजा और सार्थक के बीच के तनाव का ठीकरा भी स्वाति के सर फूटा। हफ़्ते दस दिन लगे स्वाति के चेहरे के दाग़ और सूजन को कम होने में। हर्ष के लाख मना करने के बाद भी स्वाति पूजा और चीकू को मनाकर नोएडा वापस ले आयी। वो चाहता था कि स्वाति भी इस नर्क से निकल जाये। लेकिन उस वक़्त वो तैयार नहीं हुई। स्वाति की इस हालत को वो ज़्यादा दिन देख नहीं सका और वहाँ से ऋषिकेश चला गया। वहाँ एक रिट्रीट आश्रम में रहकर अपनी नौकरी करने लगा। उसे पहले ही ऐसा करने की आज़ादी थी लेकिन वो घर पर नहीं रहना चाहता था इसलिए ऑफ़िस से काम करता था। अब वो ऋषिकेश शिफ्ट हो गया था।

उस दिन सार्थक के अन्दर बड़ी बहन को लेकर बची थोड़ी-सी हिचक भी ग़ायब हो गयी। अब तो उसने स्वाति पर हाथ उठाने को साप्ताहिक कार्यक्रम बना लिया था। ऐसे में फिजिकली ऑफ़िस ज्वाइन करने के बाद भी उसे अक्सर छुट्टी पर रहना पड़ता। हर हफ़्ते दो-तीन छुट्टियों की उसकी

'पर्सनल इमरजेंसी' अब ऑफ़िस वालों को दिखने लगी थी। समाज सेवा की जननायिका का अपने परिवार से पिटना अच्छा सन्देश नहीं देता। आख़िर स्वाति ने नौकरी छोड़ दी। उसके बाद भी उसने दो-तीन बार अलग-अलग नौकरी कीं। लेकिन उसकी 'पर्सनल इमरजेंसी' की छुट्टियाँ उसकी हर नौकरी में बाधा बन जातीं। किसी भी नौकरी में वो दो-तीन महीने से ज़्यादा टिक नहीं पाती। हर्ष से अब उसका मिलना तभी होता जब वो साल-छह महीने में घर आता हालाँकि अब उससे बातचीत पहले से कहीं ज़्यादा थी। वो स्वाति को लेकर फ़िक्रमन्द था।

चीकू के तीसरे जन्मदिन के बाद से स्वाति ने कोई नौकरी नहीं की। अब वो अपने घर में पूरे दिन की नौकरानी और आया थी। चीकू को पालना उसके लिए बोझ नहीं था। लेकिन उस घर में चीकू के सामने आये दिन मार खाना उसके लिए बड़ी सज़ा है। हर बार पिटने के बाद जब वो चीकू की आँखों में डर और सवाल देखती तो शर्म से मर जाना चाहती। उस मासूम ने कितनी बार उसकी चोटों पर फूँक मारकर, चूम कर उसका दर्द कम किया था। उसकी अपनी 'बुई' को लेकर उसकी चिन्ता पूरे मोहल्ले यहाँ तक कि उसके स्कूल में भी सब पर ज़ाहिर थी। दादी और पापा उसे 'बुई ' से बात करने को मना करते। कभी-कभी स्वाति के प्रति उसके लगाव के लिए उसे डाँट भी पड़ती। लेकिन पूजा उसे स्वाति के प्रति सदा कृतज्ञ रहना सिखाती। पूजा इन सालों में स्वाति के क़रीब आयी थी, उसके ऊपर होने वाले अत्याचार के ख़िलाफ़ वो अपनी सास और पति से बराबर टक्कर लेने लगी थी। इस माहौल में स्वाति के बिना उसका चीकू को पालना नामुमकिन होता। सार्थक से तंग आ चुकी पूजा एक बार अपने बच्चे के साथ घर छोड़ चुकी थी लेकिन स्वाति और चीकू को अलग कर पाने की हिम्मत उसमें नहीं थी। इसलिए वो बहुत कुछ नज़रअन्दाज़ करके इस घर में रुकी रही। अब जबकि चीकू अपने आप नहाना और तैयार होना सीख चुका है तब उसकी सास को लगता है कि घर में स्वाति की 'आया' वाली भूमिका ख़त्म हो गयी और अब उसे निकालने में देर नहीं होनी चाहिए।

इन सब झंझावातों से जूझती स्वाति अक्सर वो दिन याद करती जब चीकू ने अपना पहला शब्द बोला था। उस दिन भी सार्थक ने उस पर हाथ उठाया था।

वो अपने किचन के कोने में दुबकी रो रही थी। दुःख के हर पल में उसे पिता की याद हो आती। कितने सुन्दर दिन थे। कितना प्यारा जीवन था। घर की सुख शान्ति के उन दिनों को याद करती वो रोते-रोते फ़र्श पर सो गयी थी शायद। अपने नन्हे क़दमों से चलता चीकू उसे ढूँढ़ता हुआ किचन में आ गया। चीकू ने नन्ही हथेलियों से जब उसके गाल पर लुढ़के आँसू पोंछकर उसके गाल पर गीली सी पुच्ची दी तो उसके मन से पिछली बुरी यादें मिट गयीं। उस दिन चीकू ने अपना पहला शब्द बोला, "बुई!" उस एक शब्द से उसे अजब सा सुकून आ गया। अतीत के समुद्र में गोते लगाती स्वाति को उस पल में ऐसा लग रहा था जैसे उसकी पुरानी सारी यादें धुल गयी हैं। उसकी मम्मी की दी हर गाली, भाई की दी हर चोट से वह जैसे मुक्त हो गयी थी।

वो दिन है और आज का दिन है 'बुई' के लिए चीकू की आत्मीयता और फ़िक्र का कोई जोड़ नहीं है। कभी-कभी उसे लगता जैसे उसके पिता ही उसके लिए दूसरा जन्म लेकर इस घर में आ गये हैं। हर्ष अक्सर ही उसे इस नर्क से निकलने के लिए प्रेरित करता रहता। अब दोनों की रोज़ ही फ़ोन पर बात होती। हर्ष ने अपना रिट्रीट खोल लिया था। वो अब ऋषिकेश में ही बस गया था। अब वो नौकरी नहीं करता पर कंसलटेंट के तौर पर काम करता है। अब स्वाति को इस घर से मोह नहीं रहा। घर में मिले तिरस्कार और उत्पीड़न के बाद वो अक्सर ही इस जगह को छोड़कर हर्ष के रिट्रीट में जाने का मन बना लेती लेकिन फिर चीकू का उतरा चेहरा देखकर उसके क़दम रुक जाते। पहले सोचती थी कि चीकू दो-तीन साल का हो जायेगा तो क्रेच में रहने लायक हो जायेगा और वो सब छोड़-छाड़ के ऋषिकेश चली जायेगी। तब हर्ष के नाम से उसके चरित्र को तार-तार करके भी मालती देवी उसे जाने नहीं देतीं। उस वक़्त उन्हें कामवाली और आया दोनों की ज़रूरत थी। अब जब उसका जुड़ाव चीकू से बढ़ गया है तब माँ चाहती हैं कि वो ये घर और अपने हिस्से की गाँव की ज़मीन आदि क़ानूनी तौर पर अपने भाई के नाम करके कहीं भी चली जाये। अब इस अधेड़ बेटी के कन्धे पर उनके घर की इज़्ज़त का भार शायद नहीं था। अब उसके कहीं भी चले जाने से शायद उनका मान नहीं घटता। ये भी अजब नियम है समाज का, इज़्ज़त बेटी की ज़िम्मेदारी और जायदाद बेटे

का हक़। स्वाति कई दिनों से मन मज़बूत कर रही थी लेकिन चीकू का मोह है कि उसके क़दम डगमगा जाते हैं।

"बुई, रंडी क्या होता है।" चीकू ने मासूमियत से पूछा।

"छी! कहाँ से सीखा चीकू? बुरी बात है।" स्वाति ने डाँटकर बोला।

"सॉरी बुई। दादी और पापा आपको रंडी बोलते हैं इसलिए पूछा।" चीकू ने अपराधी भाव से उत्तर दिया।

स्वाति की नज़रें झुक गयीं। जब घर के बड़े ऐसे बात करेंगे तो नादान बच्चा क्या सीखेगा। अभी तक वो मासूम उनके विष के असर में नहीं है। पूजा बहुत अच्छी है, उसकी परवरिश पर स्वाति को भरोसा भी है, लेकिन क्या पता कल को माँ उसे भी सार्थक जैसा बना दें। इस बच्चे के मुँह से वो अपने लिए अपशब्द नहीं सुनना चाहती। अनजाने कल के अनजाने भय की सम्भावना ने उसे अन्दर तक तोड़ दिया। अब वो यहाँ इस घर में नहीं रहना चाहती।

अगले दिन सुबह चीकू को स्कूल भेजते वक़्त स्वाति का मन बार-बार भीग रहा था। कभी आवाज़ भर्रा जाती कभी आँखों से आँसू बहने लगते।

"मम्मी का कहना मानना, और सुनो ख़ूब मन लगाकर पढ़ाई करना। दादू जैसे अफ़सर बनना।"

"क्या बुई। सुबह-सुबह तो बस अच्छा सा पोहा दिया करो।" बालमन बेसमय की बातों का सबब नहीं समझता।

"हाँ बाबा, खा ले अपना पोहा। मैंने तेरे टिफ़िन में आज काठी रोल रखे हैं। ठीक है, और दिन के खाने में क्या बना दूँ?"

"छोला-भठूरा बना देना।" उसने ख़ुश होकर कहा। उसे अपने दोस्तों के सामने अपनी बुई की पाक कला का प्रदर्शन बहुत पसन्द है, "काठी रोल देखकर तो सबके होश उड़ जायेंगे बुई। थैंक यू।" उसने ज़ोर से स्वाति के गाल पर एक गीली सी पुच्ची दे दी।

"सुनो चीकू। बुई तुमसे सबसे ज़्यादा प्यार करती है। बड़े हो जाना तो अपनी बुई को भूल मत जाना।" बोलते-बोलते उसका गला भर आया। उसने चीकू को आख़िरी बार गले लगाया।

चीकू को बस पर बैठाकर वो वापस किचन में आ गयी। फ़रमाइशी

छोले-भटूरे बनाकर उसने कैसरोल में रख दिये। मालती देवी और सार्थक को नाश्ता देते-देते ग्यारह बज चुके थे। नहाकर तैयार होते उसे थोड़ा वक़्त और लगा। सामान के नाम पर एक सूटकेस कपड़े और एक सूटकेस किताबें वो पिछली रात ही पैक कर चुकी थी। इस वक़्त घर पर उसके होने या नहीं होने से किसी को कोई फ़र्क़ नहीं पड़ता। इसलिए वो बिना रोकटोक सामान सहित बाहर गेट तक आ गयी। दरवाज़ा उड़काकर कुछ देर तक घर को देखती रही और फिर ऑटो रोक लिया, "आनन्द विहार, बस अड्डा?"

"200 रुपये।"

"चलो।"

स्वाति ने रास्ते से पूजा को मैसेज डाल दिया और फ़ोन बन्द कर दिया।

"प्यारी पूजा,

तुम्हारे साथ बिताये ये दस साल मेरे लिए बहुत क़ीमती हैं। चीकू मेरे लिए क्या है, ये तुम्हें पता ही है। मैं नहीं चाहती कि मेरा हाल देखकर उस बच्चे के कोमल मन पर बुरा असर पड़े। बच्चों को पता नहीं चलता लेकिन बच्चे अपने आसपास के माहौल से वो सब भी सीख जाते हैं जो हम कभी उन्हें सिखाना नहीं चाहते। चीकू का ध्यान रखना। उसे 'बेबी ऑफ़ पूजा शर्मा' ही रहने देना। कोशिश करना कि वो 'सन ऑफ़ मालती देवी' न बने।

मैं ऋषिकेश जा रही हूँ। मुझे अपने अन्दर की मरी हुई, खोयी हुई स्वाति को ढूँढ़ना है। मैं ये नहीं हूँ जो बनती जा रही हूँ। चीकू की 'बुई' को वापस शर्मा जी की बेटी बनना है। उम्मीद है नाराज़ नहीं होगी। अपना ख़याल रखना।

स्वाति।"

स्वाति के जाने से घर में बहुत हड़कम्प मचा। घर उसी के नाम था। उसके घर से चले जाने पर किसी को कोई समस्या नहीं थी लेकिन घर और ज़मीन भाई के नाम किये बिना चले जाने से मालती देवी और उनके सुपुत्र को गहरा आघात लगा था। सार्थक तिकड़मी था लेकिन उसकी माँ को पता था कि बहन के गुमशुदा रहने में उन्हें ज़्यादा फ़ायदा है। इसलिए न स्वाति को ढूँढ़ने की कोई क़वायद हुई न बात।

स्कूल से लौटे चीकू को बताया गया कि उसकी बुई को विदेश जाना पड़ा। चीकू का सबसे बड़ा डर सच हो गया था। उसे हमेशा ही लगता था कि किसी दिन उसके पीछे उसकी दादी और पापा उसकी बुई को घर से निकाल देंगे। उसने कई बार उन लोगों को स्वाति को धक्के देते, घसीटते और पीटते देखा था। दादी की ज़बान पर हमेशा ही 'निकल मेरे घर से' रहता था। इसलिए विदेश गयी हुई बुई की कहानी उसे सच नहीं लगी। महीनों वो लड़का उदास रहा।

निर्वाण

"जानते हो हर्ष, पापा मेरा नाम गंगा के नाम पर, जाह्नवी रखना चाहते थे।" स्वाति ने कहा।

"अच्छा। तो फिर, रखा क्यों नहीं?"

"क्योंकि मम्मी को लगता था कि इस नाम के कारण स्कूल कॉलेज में सब मुझे जानू-जानू बुलाएँगे।" वो खिलखिलाकर हँसी।

"सही ही सोचा था उन्होंने जानू।" हर्ष ने जानू पर थोड़ा ज़ोर देकर बोला।

"बदमाश!" स्वाति ने उसे हल्की सी चपत लगायी।

"अरे यार! अब तो हम दोनों बुड्ढे हो गये हैं। अब तो जानू बुलाने पर किसी को कोई आपत्ति नहीं होनी चाहिए।" हर्ष ने सफ़ाई दी।

"किसी और का पता नहीं। मुझे आपत्ति है। तुम्हारे मुँह से स्वाति अच्छा लगता है।"

"चलो तुमने माना तो कि तुम्हें मेरे मुँह से अपना नाम अच्छा लगता है। अब ये बताओ कि कितना अच्छा लगता है?"

"फिर बदमाशी। तुम ना।" स्वाति के चेहरे पर लालिमा तैर गयी। उसका ग़ुस्सा झूठा था। हर्ष और उसके बीच प्यार भरी नोक झोंक चलती रहती है। हर्ष उससे खुले आम फ़्लर्ट करता और अब वो उसे मना भी नहीं करती।

दोनों दिन भर निर्वाण रिट्रीट में योग और साधना करवाते। स्वाति भी प्रमाणित ध्वनि उपचारक बन गयी थी। वो अब रिट्रीट में आये लोगों की साउंड हीलिंग करती। शाम को दोनों गंगा किनारे बैठ कर घण्टों बातें करते और ऋषिकेश के टिमटिमाते अक्स को गंगा के पानी में देखते।

स्वाति जब नोएडा से ऋषिकेश आयी थी तब से अब में बहुत फ़र्क़ है।

वो अपने घर-परिवार से भाग कर आयी थी। अपनी बुरी यादों और अतीत को भूलना चाहती थी। सुबह चार बजे के योग अभ्यास से रात के खाने तक वो किसी-न-किसी कार्यकलाप में ख़ुद को व्यस्त रखती। वहाँ की दिनचर्या में ख़ुद को झोंककर वो अपनी सोच को भटकने से रोकती। उसने छह महीना ख़ुद को सिर्फ़ योग और मैडिटेशन में लगाया। इस बीच हर्ष ने उसे बहुत अच्छे से गाइड किया। वो चाहता था कि स्वाति भागे नहीं, भूले नहीं बल्कि हील हो। उसके पूरी तरह से ठीक होने के लिए उसके अतीत के घावों का भरना ज़रूरी था। हर्ष को ऋषिकेश में एक दशक से ज़्यादा का समय हो चुका था। अब वो यूएस रिटर्न, आईआईटियन हर्ष शुक्ला नहीं रहा। अब वो योगी हर्ष कहलाता है। ऋषिकेश की आध्यात्मिक ऊर्जा ने उसे बदल दिया था।

उसने अपनी हीलिंग प्रोसेस में जाना था कि अतीत से भागना, उसे भूलने की कोशिश करना इलाज नहीं है। घावों के भरने के लिए उसे स्वीकार करने से शुरुआत करनी पड़ी। अपनी हीलिंग की यात्रा में वो अकेला था़। स्वाति की इस यात्रा में वो यथासम्भव साथ रहा जिससे उसका दर्द कम हो सके। स्वाति शुरू से ही आध्यात्मिक थी। ध्यान और साधना ने ही उसे उसकी नर्क यात्रा में पूरी तरह से नष्ट होने से बचाये रखा। वो अपने मन की हर व्यथा की जड़ जानती थी। स्वीकार करने में उसे समय नहीं लगा लेकिन अपनों के दिये घाव भरने में उसे लम्बा वक़्त लगा। पिता की मृत्यु से घर छोड़ने तक का उसका सफ़र बहुत कठिन रहा था। सत्रह-अट्ठारह साल का भोगा हुआ दर्द उसके रोम-रोम से रिसता रहा था। उम्र के ढलान पर घर और अपनों के मोह, दोनों को त्यागना उसके लिए आसान नहीं था। इतने सालों तक कलह और क्लेश के वातावरण में रहने के बाद उसे ऋषिकेश की शान्ति, पहाड़ों से आती ठण्डी हवा और गंगा की लहरें भी शीतलता देतीं। जगह का बदल जाना ही उपचार था।

निर्वाण रिट्रीट के एक तरफ़ राजाजी नेशनल पार्क का जंगल बीटल्स आश्रम की दीवार से लगा था और सौ मीटर से भी कम दूरी पर गंगा का किनारा था। ये आश्रम स्वर्गाश्रम के आख़िरी छोर पर था। इस जगह पर रहना भर किसी के मन को स्वस्थ करने के लिए काफ़ी है। स्वाति की इस नयी यात्रा में उसकी पूजा से कभी-कभी बात हो जाती। चीकू से बात करने पर उसका

बस नहीं था लेकिन उसकी बुई उसे अपने आने की कोई उम्मीद देकर तोड़ना नहीं चाहती थी इसीलिए मन मारकर दूर रही। जैसे-जैसे समय बीता पूजा से घर और वहाँ के मसलों पर बातचीत कम होती गयी। फ़ोन कम आता, आता तो भी बस हालचाल ही होता। जीवन की गति से मिलानी के लिए पूजा को अकेले दौड़ना पड़ रहा था। वो नहीं चाहती थी उस घर में रहकर चीकू भी सार्थक बन जाये। स्वाति के जाने के बाद अकेले चीकू को पालना उसे कठिन लग रहा था। ऐसे में सास और पति से उसे सहायता कम परेशानियाँ ज़्यादा मिल रही थीं। उस जगह से निकलना उसे ज़रूरी लगा। उसने मुम्बई ट्रांसफ़र ले लिया था। चीकू को उसने पंचगनी के एक अच्छे बोर्डिंग में डाला था। अब चीकू अपनी छुट्टियों में अपनी माँ के पास आता और दूरी के चलते नोएडा जाना दो-तीन दिन का एक सालाना कार्यक्रम बन गया।

स्वाति को उन दोनों की चिन्ता थी लेकिन उस कुचक्र में दोबारा न पूजा फँसना चाहती थी न ही स्वाति।

हर्ष भी समझता था कि स्वाति का प्रेम उसकी निर्वाण यात्रा में बाधा नहीं था लेकिन उसके दर्द को उभार ज़रूर देता था। उसने अपने प्रेम और समर्पण से स्वाति के उस ख़ालीपन को भर दिया। चीकू के ग्यारहवें जन्मदिन पर स्वाति ने अपने नाम की सारी सम्पत्ति चीकू के नाम कर दी और पूजा को क़ानूनी दस्तावेज़ भेज दिये। तब पूजा ने बताया था कि मालती देवी की दिमाग़ी हालत ठीक नहीं रहती थी। वो सब कुछ भूलने लगी थीं। सार्थक अकेले उनका ध्यान नहीं रख पा रहा था सो उसने एक पूरे दिन की कामवाली रख ली जो उसकी पार्ट टाइम बीवी भी थी। लेकिन घर और ज़मीनो के चीकू के नाम हो जाने से वो अब आश्वस्त था।

स्वाति के अन्दर आत्मविश्वास वापस आने में शायद उसकी हीलिंग से भी ज़्यादा वक़्त लगा। स्वाति ख़ुद को व्यस्त रखना चाहती थी। उसने अपने खोये हुए समय के लिए जैसे दुगना काम शुरू कर दिया जबकि हर्ष स्लो लाइफ़ मन्त्र का अनुसरण करता। इसीलिए वो चाहता था कि स्वाति का रोज़ की साधना और योग अभ्यास का नाता बना रहे और वो दुनियादारी के कुचक्र से मुक्त हो जाये। उसी ने पीछे पड़कर स्वाति को साउंड हीलिंग यानी ध्वनि उपचार का सर्टिफ़िकेट कोर्स करवाया। शुरू में फिरंगियों के साथ सेशन लेते उसे डर लगता। लेकिन उसके रोज़ के सेशंस ने उसके अन्दर नयी ऊर्जा और नया आत्मविश्वास भर दिया जो उसके मन के घाव भर जाने के बाद भी नहीं आ पा रहा था।

निर्वाण में आये लोगों में बदलाव देखकर स्वाति ने उस जगह के प्रचार-प्रसार पर काम करने का प्रस्ताव दिया। हर्ष धीमी गति और काम भर की कमाई से ख़ुश था। वो भीड़ बढ़ाकर अपनी निजता नहीं खोना चाहता था। लेकिन स्वाति के आगे उसकी एक न चली। स्वाति ने उसकी बातों का पूरा ध्यान रखकर रिट्रीट को वैलनेस इंडस्ट्री के अन्तरराष्ट्रीय मानकों पर चलाने का निर्णय लिया। उसने ख़ुद ही विदेशी कॉर्पोरेट्स के साथ बातचीत करना और उन्हें भारत में योग रिट्रीट के लिए छोटे-छोटे ग्रुप्स में बुलाना शुरू किया। वो हमेशा ही अन्तरराष्ट्रीय कम्पनियों के लिए काम करती रही थी। उसके लिए निर्वाण में विदेशी साधकों की दिलचस्पी बढ़ाना मुश्किल काम नहीं था। साधकों की बढ़त से निर्वाण की कमाई बढ़ी तो स्वाति ने उसी कैम्पस में वंचित वर्ग के बच्चों के लिए शाम की कक्षाएँ शुरू कर दीं। हर्ष की आध्यात्मिक पहल को एक नयी दिशा मिल गयी। अब दोनों मिलकर निर्वाण रिट्रीट चलाते जहाँ आने वाले लोगों का परिचय योग, साधना के साथ-साथ भारत की धरोहर से करवाया जाता।

स्वाति को हमेशा ही घूमना और नयी-नयी जगहों के बारे में जानना पसन्द था। उसका बचपन पिता के साथ घुमक्कड़ी में बीता था। शर्मा जी कहते थे कि 'भारत की पहचान ताजमहल भर से नहीं है। भारत को देखना है तो अपनी संस्कृति को कम आँकना बन्द करना पड़ेगा। भारत की आत्मा अध्यात्म है, भारत की पहचान इसकी प्राचीन संस्कृति प्राचीनतम मन्दिरों और प्राकृतिक

धरोहरों में मिलती है।' वो अपने परिवार को साल में एक बार किसी-न-किसी एक राज्य के विशेष स्थान दिखाने ज़रूर ले जाते। धार्मिक और ऐतिहासिक धरोहरों के साल में चार-पाँच चक्कर भी लग जाते। जिस भी शहर में उनकी पोस्टिंग होती वहाँ के राज्य और शहर के आसपास की हर ऐतिहासिक या प्राकृतिक धरोहरों को अपने बच्चों को दिखाना उन्हें भारत से परिचित करवाने का शर्मा जी का तरीक़ा था। पूरे भारत का हर ख़ास धार्मिक, प्राकृतिक और ऐतिहासिक स्थान उसने पिता के साथ देखा हुआ था। उसका काम उसे भारत के छोटे-छोटे गाँवों में लेकर जाता था। उसने भारत के ग्रामीण जीवन को पास से देखा और जाना था। उसे घूमना पसन्द था। पिता की मृत्यु से लेकर घर से निकलने तक जो भी समय उसने गँवाया था उसकी भरपाई वो निर्वाण रिट्रीट में आने वाले ग्रुप्स, जिन्हें वो लोग सीकर या साधक कहते थे, के साथ गाइड बनकर करती। हर्ष के साथ ये आध्यात्मिक पर्यटन उसे अब अच्छा लगने लगा था। कभी-कभी हर्ष में उसे अपने पिता की झलक भी दिखती। स्वाति को वो हर उस काम को करने के लिए प्रेरित करता जो उसके मन के किसी कोने में एक सुषुप्त रूप में होता। हर्ष की वजह से आज वो बुलेट वाली योगिनी के नाम से सिर्फ़ ऋषिकेश ही नहीं इंस्टाग्राम पर भी प्रसिद्ध थी। बचपन में कभी उसने हर्ष से कहा होगा कि वो बाइक चलायेगी, लद्दाख जायेगी। लेकिन उम्र के इस पड़ाव पर अनजान साधकों के साथ वो यूँ हिमालय में योग साधना के शिविर लगायेगी और बुलेट पर लद्दाख घूमेगी ये उसने कभी नहीं सोचा था।

अब वो कुछ सोचने से पहले भी आसपास देख लेती है कि कहीं उसकी सोच को हर्ष सुन न ले। वो उसके मन की बात ऐसे सुन लेता है जैसे कभी-कभी वो ख़ुद भी सुन पाती। कई बार निर्वाण में आये साधक उन दोनों को पति-पत्नी समझ लेते। हालाँकि अब दोनों को इसकी आदत हो चुकी थी।

"हेलो स्वाति दी।"

"हाँ पूजा, कैसी हो?

"ठीक नहीं हूँ दी। सार्थक ने मम्मी जी को खो दिया है।"

"क्या मतलब मम्मी को खो दिया?"

"अरे, वो मम्मी के साथ हरिद्वार गया था। बोल रहा है कि रात को जब वो सो रहा था तो ट्रेन से कहीं उतर गयीं। पूरे रूट के सारे रेलवे पुलिस दफ़्तरों को फ़ोटो भेजी है। लेकिन अब तक कुछ पता नहीं चला।" पूजा ने पूरी बात बतायी।

"..." वो कुछ बोल न सकी। स्वाति के हाथ-पैर ठण्डे पड़ गये। 'मम्मी की दिमाग़ी हालत ठीक नहीं रहती थी। उन्हें तो अपना नाम भी याद नहीं रहता। वो खो गयीं।'

"हेलो दी? हेलो?" पूजा को कोई जवाब नहीं मिला तो उसे लगा फ़ोन कट गया। 'या हो सकता है स्वाति दी ने काट दिया हो, वैसे भी ऐसी माँ की किसे ही चिन्ता होगी।' ये सोचकर उसने भी फ़ोन काट दिया।

स्वाति इस ख़बर से बदहवास हो गयी। वो बाहर भागकर हर्ष के पास पहुँची, "हर्ष, अभी हरिद्वार जाना है। मम्मी को ढूँढ़ना है।"

"क्या हुआ है। इतनी परेशान क्यों हो।" उसके आँसू पोंछते हुए हर्ष ने उसे बाँहों में भर लिया। एक ये जगह थी जहाँ वो कितनी भी तक़लीफ के बाद शान्त हो जाती। स्वाति हर्ष के सीने से लगकर रोने लगी। उसकी तड़प देखकर वो भी घबरा गया, "स्वाति यार। बोलो न क्या हुआ है? आंटी हरिद्वार आयी हैं? या उनकी तबीयत ख़राब है।"

"नहीं! तुम्हें पता है न मम्मी को अल्ज़ाइमर है।"

"हाँ। तो?"

"वो सार्थक के साथ हरिद्वार आयी थीं। वापस जाते हुए रास्ते में ट्रेन से उतर गयीं और अब मिल नहीं रहीं।" उसने अटकते हुए बताया, "उन्हें कुछ याद नहीं रहता। वो अपने आप घर नहीं पहुँचेंगी। उन्हें ढूँढ़ना पड़ेगा। जाने कहाँ होंगी, किस हाल में होंगी।"

"ओह। तुम फ़िक्र मत करो। पता करो वो हरिद्वार में कहाँ रुके थे। किस ट्रेन से किस तारीख़ को गये। हम अभी उन्हें ढूँढ़ने चलेंगे।"

स्वाति ने दोबारा पूजा को फ़ोन किया तो उसका फ़ोन उठा नहीं। हार के उसने सार्थक को फ़ोन किया। उसने पहले तो सही से जवाब नहीं दिया। स्वाति के धमकाने पर उसने बताया कि इस बात को चार-पाँच हफ़्ते हो गये थे। उसके हिसाब से रेलवे पुलिस ने भी हाथ खड़े कर दिये और अब उसने तलाश बन्द कर दी थी। पूजा का फ़ोन आया तो उसने बता दिया वरना उसने अपनी तरफ़ से किसी को कुछ बताया भी नहीं था। स्वाति जानती थी इतने समय बाद हरिद्वार जाकर भी शायद वो उन्हें ढूँढ़ नहीं सकेगी। फिर भी उसने हरिद्वार के उनके होटल इत्यादि की जानकारी ले ली।

"स्वाति, मुझे सार्थक पर भरोसा नहीं है। कुछ छुपा रहा है।" हर्ष ने अपनी शंका ज़ाहिर की।

"हाँ। इतने दिन से मम्मी ग़ायब हैं। उसने किसी को बताना ज़रूरी नहीं समझा। और अब हरिद्वार के स्टे की जानकारी देने में भी टालमटोल कर रहा था।" वो समझ रही थी कि हर्ष ऐसा क्यों सोच रहा था।

"सिर्फ़ लापरवाह नहीं है। उसे फ़र्क़ भी नहीं पड़ता कि कौन किस हाल में है।" हर्ष ने शिकायत की, "चलो, चलकर हरिद्वार में देखते हैं।"

दोनों उसी वक़्त हरिद्वार के लिए निकल गये। सार्थक के दिये हुए पते से ये जानकारी मिली कि वो एक माता जी के साथ आया था। लेकिन जाते समय अकेले ही चेकआउट किया था। यानी मालती देवी ट्रेन में नहीं हरिद्वार में खोयी थीं। स्वाति उसका झूठ पकड़ लेगी ये वो शायद जानता था इसीलिए उसने स्वाति का फ़ोन उठाना ही बन्द कर दिया। देर शाम तक हर्ष और स्वाति हरिद्वार में एक धर्मशाला से दूसरी धर्मशाला के चक्कर काटते रहे। लेकिन मालती देवी की कोई ख़बर नहीं मिली। रात को फिर से पूजा का फ़ोन आया। उसे आश्चर्य हुआ कि लगभग एक महीने पहले खोयी अपनी माँ को स्वाति, हरिद्वार की गली-गली में ढूँढ़ रही थी।

रात को दोनों ने एक जानने वाले आश्रम में कमरा ले लिया। सुबह उठकर दोनों हर की पौढ़ी की तरफ़ चल दिये। बाज़ार से घाट तक पूरे रास्ते श्रद्धालुओं के लंगर चल रहे थे। भिक्षुक सड़क के दोनों तरफ़ बैठकर पूड़ी सब्ज़ी का प्रसाद ले रहे थे। उन पंगतों में मालती देवी को ढूँढ़ते हुए दोनों गंगा घाट पर पहुँच गये। वहाँ भी मालती देवी की फ़ोटो दिखा-दिखाकर हर पण्डे, हर दुकानदार से पूछताछ करते रहे। मगर कोई सुराग नहीं मिला।

"हर्ष, सुनो न। सारे वृद्ध आश्रम देखते हैं।"

"वृद्धाश्रम?"

"हाँ। ये तय है कि सार्थक उन्हें छोड़कर गया है। वो ख़ुद कहीं नहीं गयीं। मम्मी को तो यूँ सड़क पर नहीं छोड़ेगा। हो सकता है किसी आश्रम में छोड़कर गया हो?"

हर्ष को अचरज नहीं था कि वो इस दिशा में सोच रही थी। सार्थक के लिए अल्ज़ाइमर से ग्रसित माँ को सँभालना मुश्किल रहा होगा। वैसे भी उसे ज़िम्मेदारियाँ उठाने की कभी न आदत थी न ही सीख मिली। मालती देवी ने अपने आँगन में स्वाति जैसे आम को तो फलने ही नहीं दिया था। सही कहा है पुरखों ने, जब बोये पेड़ बबूल के तो आम कहाँ से पाय? बहन और पत्नी के जाने के बाद माँ का लाचार हो जाना भी उसे ज़िम्मेदार नहीं बना सका। इसी उधेड़बुन में दोनों ने हरिद्वार के हर वृद्धाश्रम में उन्हें तलाशा। आख़िर दो दिन बाद मालती देवी उन्हें आशा किरण भवन में मिल गयीं। पहले से ज़्यादा बूढ़ी, ज़्यादा कमज़ोर माँ को देखकर स्वाति की रुलाई छूट गयी। उनसे लिपट के वो ख़ूब रोयीं। उन्हें कुछ याद नहीं था न घर, न अपना नाम, न स्वाति। उस छोटे से आश्रम में उन्हें अपने घर जैसी देखभाल और ऐश्वर्य कहाँ मिलता? गनीमत थी कि वो दर-दर भटक नहीं रही थीं। उनके सर पर एक छत थी। उन्हें बस एक नाम याद था 'भैयू', उसका भी पूरा नाम, पता वो नहीं जानती थीं। सार्थक से उन्हें कितना प्रेम है ये इसी से ज़ाहिर था। वहाँ के प्रबन्धक ने बताया कि एक आदमी उन्हें वहाँ छोड़ गया था। उसने उन्हें पचास हज़ार का डोनेशन भी दिया था। स्वाति को सन्तोष हुआ कि भले सार्थक सबको एक झूठी कहानी सुना रहा था लेकिन उन्हें सड़क पर नहीं आश्रम में छोड़ गया। उसने हमेशा वाला काइँयाँपन न दिखाकर कुछ दान भी किया था। स्वाति ने हर्ष से बात की और मालती देवी को अपने साथ निर्वाण ले आयी। वो उन्हें इस हालत में छोड़कर नहीं आ पायी।

"तुम्हें लग रहा होगा कि मेरे अन्दर फिर से मोह पैर पसार रहा है?" बुलेट वाली योगिनी ने योगी हर्ष से पूछा।

"नहीं। मुझे पता है ये तुम्हारा प्रेम है, तुम्हारी करुणा है।" वो उसे जानता था।

स्वाति ने मम्मी की सेवा में कोई कोताही नहीं की। रोज़ का उनका खाना पीना, दवाई, उनकी मालिश और नहाना तक वो ख़ुद करती। उसकी माँ एक वरिष्ठ आईएएस अफ़सर की पत्नी थीं। उसने पूरा ध्यान रखा कि निर्वाण में भी उनके ऐश्वर्य में कोई कमी ना आये। ऐसे वो ठीक और ख़ुश दिखतीं। अक्सर ही पुराने क़िस्से-कहानी साधकों को सुनातीं। स्वाति को भी साध्वी पुकारतीं। उसे भी अपने घर और परिवार के क़िस्से सुनातीं। उनकी कहानियों में सब थे, पिता थे, उनकी लाडो रानी थी, सार्थक था यहाँ तक कि कभी-कभी उन्हें चीकू की याद भी हो आती। स्वाति की देखरेख में मालती देवी का स्वास्थ्य बेहतर हुआ लेकिन अब भी वो स्वाति को पहचानती नहीं थीं। कभी-कभी लगता कि यादों के भँवर में तैरती-उतराती मालती देवी उसे पहचानना नहीं चाहती थीं। किसी-किसी दिन जब वो ठीक होतीं तो लगता जैसे वो स्वाति को जानती हैं, उससे कुछ कहना चाहती हैं लेकिन फिर वो आँखें झुका लेटतीं या मुँह फेर लेतीं। शायद वो अपना अपराधबोध, अपनी भावनाएँ छुपाती थीं।

मोक्ष

अपने माता-पिता के निधन के बाद हर्ष ने नोएडा का घर बेच दिया था और ऋषिकेश में रिट्रीट बना ली थी। अब उसके पास वापस लौटने का कोई कारण नहीं था। जबकि स्वाति का घर आज भी वहीं था लेकिन परिवार अब बिखर चुका था। पिता थे नहीं। माँ को भाई ने वृद्धाश्रम में छोड़ने के बाद कभी पलटकर नहीं देखा। माँ थी जो उसके पास थी लेकिन किसी को पहचानती नहीं थी। किसी ने उनकी ख़बर नहीं ली। पूजा और चीकू मुम्बई में थे। दस साल से बिना मेंटिनेंस के खँडहर हो चुके उस नोएडा वाले घर में सार्थक ही बचा था। पिता की विरासत, और पैसा वो कब का ख़त्म कर चुका था। स्वाति की जमा पूँजी भी उसकी क़ैद के दिनों में उसने छीन ली थी। वो भी नशे और कुकर्मों की भेंट चढ़ गया। वहाँ किरायेदार रख कर वो घर ख़र्च चलाता था।

हर्ष और स्वाति इतने सालों से साथ रह रहे थे कि उन्हें किसी ठप्पे की ज़रूरत नहीं थी। विवाह के बिना भी दो लोग जीवनसाथी हो सकते हैं। जीवन की साँझ में वो दोनों बस एक-दूसरे का साथ चाहते थे, कोई बन्धन नहीं। शुरू-शुरू में हर्ष जब तब शादी की बात करता तो स्वाति टाल देती, अब उसे भी अपने रिश्ते के लिए किसी ठप्पे की ज़रूरत महसूस नहीं होती। शर्मा जी की बेटी से ठिठोली से करते शुक्ला जी के बेटे पर योगी हर्ष की छाया भी नहीं दिखती थी।

"यार! शादी कर ही लेते हैं।" हर्ष ने स्वाति से मनुहार की।

"क्यों? इतना अच्छा तो है सब कुछ।" वो चिढ़कर बोली।

"हाँ। लेकिन तुम्हें मुझसे शादी करने में दिक़्क़त क्या है?" उसे बात खींचने में मज़ा आता।

“दिक़्क़त कोई नहीं है। तुम मेरे दोस्त हो, प्रेमी हो, मेंटर हो, गुरु हो, पार्टनर हो। इतना कुछ है हमारे बीच, पति बनाकर बाक़ी सब स्वाहा नहीं करना मुझे।”

“पति बनकर भी मैं हर्ष ही रहूँगा। कुछ नहीं बदलेगा।”

“जब कुछ बदलना नहीं है तो फिर ये नया टर्म लाना ही क्यों है। हम ऐसे ही अच्छे।”

“जैसे तुम ख़ुश रहो, जानू।” उसने गंगा का पानी उठाकर स्वाति के चेहरे पर छिड़क दिया और हमेशा की तरह वो उसे मारने दौड़ पड़ी। हाथ पकड़कर हर्ष ने प्यार से उससे पूछा, “सुनो यार, ये मालती देवी तुम्हें कब पहचानेंगी?”

“क्यों?” इतने रूमानी पल में ऐसा सवाल, उसने आश्चर्य से पूछा।

“नहीं हमें साथ देखकर वो क्या कहतीं, ये जानना है।”

“और उससे क्या होगा? उनके कुछ कहने और सोचने का अब हम पर क्या ही फ़र्क़ पड़ेगा।” स्वाति ने जवाब दिया।

“नहीं यार! कितने साल हो गये तुमने बढ़िया देसी गालियाँ नहीं सुनी हैं। आत्मा की तृप्ति के लिए ये ज़रूरी है।” रोकते-रोकते भी उसकी हँसी निकल गयी।

“अच्छा बेटा!! गाली खाकर किसको तृप्ति होती है?” उसने मुँह फुलाकर पूछा।

“अरे! दस साल बीत गये तुम्हें घर छोड़े। पुरानी आदतें बदल न जायें इसलिए वैसे ही तुम्हे साल दो साल में उनके पास जाना चाहिए था, लेकिन तुम तो ऐसी भागीं कि पलटकर गयीं ही नहीं। भगवान की दया से तुम्हारी माता जी यहीं आ गयीं। तुम्हारे मोक्ष के लिए इनकी याददाश्त वापस आना बहुत ज़रूरी है।”

“माता जी क्यों मम्मी जी कहो। तुम तो उनके ऑलमोस्ट दामाद हो।”

“ये तो सही कहा। वुड बी दामाद, कुड बी दामाद के बाद ऑलमोस्ट दामाद। सही है।”

“झल्लाओ मत। अब तुम्हारे भी सिम्टम्स दिख रहे हैं! साठ के क़रीब ही ना, इसी से ऐसी बातें।” वो ठहाका मारकर हँसी।

"अबे साठ के होने में अभी कुछ साल बाक़ी हैं। किसी से पूछ लो तुम, हॉटेस्ट योगी हूँ इस इलाक़े का।" कॉलर उचकाकर हर्ष ने जवाब दिया।

"वो तो तुम हो।" कहते हुए स्वाति ने स्नेह में उसके गाल खींच लिए। स्वाति जब ऋषिकेश आयी थी तो दु:ख के पत्थरों से भरी बंजर हो चुकी थी। हर्ष के प्रेम और इस जगह ने उसकी आत्मा को नदी जैसा भर दिया था।

बचपन से दोनों एक-दूसरे के सामने थे। स्वाति के जीवन का पहला क्रश पहली पसन्द भी हर्ष था। लेकिन घर, परिवार और जीवन के चक्र में उलझे दोनों बाल मित्र दूर होते गये। कितने सालों बाद नियति उन्हें फिर पास ले आयी और पुरानी दोस्ती में प्राण आ गये। मित्रता की नींव पर पनपा उनका प्रेम उनके जीवन की सबसे बड़ी कमाई था। वो जानती है कि आज अगर वो साथ में उस घर, उस मोहल्ले में वापस चले जायें तो नये सिरे से उनके सम्बन्ध की चीरफाड़ होगी। उनके अतीत पर छींटाकशी होगी। उनकी बचपन की दोस्ती को गन्दे-गन्दे उपनामों से कलंकित किया जायेगा।

प्रेम कितना सहज होता है। दोस्ती उस सहज प्रेम सम्बन्ध को और सरल बना देती है। समाज में जितनी कोशिश इस सहजता और सरलता को कुचलने की होती है उसकी आधी कोशिश भी समानता और समग्रता को बनाये रखने की नहीं होती। यही दो लोग अगर समाज की व्यवस्था में रहते तो शायद उन्हें एक-दूसरे का साथ नहीं मिलता। उन्हें परिवार से दूर जाने पर अपने लिए जीने की स्वतन्त्रता मिली या वानप्रस्थ आश्रम में उन्हें समाज की इस रूढ़ि से छुटकारा मिला, ये अब भी स्पष्ट नहीं है लेकिन परम्परा का रूढ़ि पक्ष टूटना चाहिए। जीवन और प्रेम को जीने का दूसरा मौक़ा हर किसी को मिलना चाहिए। हर्ष और स्वाति ने इस मौक़े के मिलने के बाद भी एक-दूसरे के साथ के लिए लम्बा इन्तज़ार किया था। प्रेम और परिवार के दिये जिन घावों ने दोनों को जोड़ा था, उन घावों को भरने के लिए उनका चुना हुआ रास्ता ही अब उनका ठिकाना भी बन गया था। कौन जानता था कि उनका उपचार उनके प्रेम और साथ में निहित था।

देर रात तक स्वाति सोने की कोशिश करती रही लेकिन उसे नींद नहीं आयी। उसका जी घबरा रहा था। काफ़ी देर तक उसने कभी पानी पीकर, कभी डाईकार्ड पीकर अपने दिल की बढ़ी हुई धड़कन को ठीक करने का प्रयास किया। उसके बाद भी जब ताबीयत ठीक नहीं लगी तो उसने हर्ष के कमरे का दरवाज़ा खटखटाया।

"अरे स्वाति। तुम ठीक हो?" पसीने से लथपथ स्वाति को देर रात अपने दरवाज़े पर देखकर हर्ष को चिन्ता हुई।

"पता नहीं क्या हो रहा है। पल्पिटेशन सा हो रहा है।"

"रुको, डाईकार्ड लाता हूँ।" उसने स्वाति को हाथ से पकड़कर अन्दर कमरे में कुर्सी पर बैठा दिया।

"वो पी चुकी, तब भी ठीक नहीं हो रहा। बड़ी बेचैनी सी है।" उसकी आवाज़ में हँफनी सुनाई दे रही थी।

"चलो डॉक्टर के पास चलते हैं।" हर्ष ने उसे गरम लोई उढ़ा दी और फटाफट अपनी सदरी उठा ली।

रात को मौसम ठण्डा हो गया था। दोनों बाहर की तरफ़ निकल ही रहे थे कि पीछे से आचार्य जी ने स्वाति को आवाज़ लगायी, "दीदी, ओ दीदी।"

"क्या हुआ आचार्य जी?" स्वाति ने कमज़ोर आवाज़ में पूछा।

"माता जी शान्त हो गयीं।" उन्होंने धीमे-से उत्तर दिया।

"क्या कहा आपने?" हर्ष ने दोबारा समझना चाहा।

"दीदी की माता जी, मोक्ष धाम की यात्रा पर चली गयीं।"

हर्ष के पीछे-पीछे स्वाति काँपते पैरों से उनके कमरे की तरफ़ भागी। मालती देवी का शरीर शान्त हो चुका था। स्वाति की सिसकी के साथ वहाँ का सन्नाटा टूट गया। आश्रम के बाक़ी कार्यकर्ता भी योगिनी दीदी की माता की अन्तिम यात्रा की तैयारी में लग गये। स्वाति की बढ़ी हुई धड़कन अब रुक-रुककर चल रही थी। शायद माँ की अन्तिम समय का भान था, उसी की बेचैनी थी। पौ फटने को थी। हर्ष व्यवस्था में लग गया। आचार्य जी अन्तिम समय में उसकी माँ के क़रीब थे। उन्होंने बताया कि अपने अन्तिम समय में वो 'लाडो लाडो' बुला रही थीं। जब तक आचार्य जी ने उन्हें पानी पिलाया उनकी देह निष्प्राण हो चुकी थी। स्वाति के पिता उसे लाडो बुलाते थे।

माँ-पिता की कहानियाँ सुनाते हुए स्वाति को लाडो ही कहतीं। कितने सालों बाद माँ ने उसे इस नाम से पुकारा लेकिन वो उनके पास नहीं थी और तभी उसे इतनी बेचैनी हो रही थी। उसका जी कचोट रहा था 'काश मैं उस वक़्त मम्मी के पास होती।'

सार्थक और पूजा को फ़ोन पर सूचना दे दी गयी। दोनों ही अन्तिम यात्रा में शामिल न हो सके। माँ की चिता को उसी बेटी के हाथों मुखाग्नि मिली जिसे उन्होंने कभी पूरी तरह अपनाया ना था।

महीनों बीत जाने के बाद भी स्वाति अक्सर सोचती, 'जाने उसकी मम्मी को मोक्ष मिला होगा कि नहीं।'

"जन्मदिन की शुभकामनाएँ दीदी।"

"थैंक यू आचार्य जी।" स्वाति ने उनका आभार व्यक्त किया।

"दीदी, मुम्बई वाले साधकों के साथ आज आपका भी सेशन है।"

"सोशल वर्क वाले?"

"जी दीदी।"

जन्मदिन अब उसे नये नहीं लगते। ऋषिकेश आना ही उसका नया जन्म था। यहाँ आकर उसने कितनी नयी बातें, नयी चीज़ें सीखी थीं। ज़िन्दगी ने वो सिखाया जो उसने किताबों में पढ़ा भी नहीं था। ऋषिकेश में रहना उसे रोज़ वैसे ही उत्साहित करता जैसे उसे फील्ड प्रोजेक्ट्स पर जाकर काम करने का जोश रहता था।

स्वाति ने एक नया मॉड्यूल बनाया था जिसमें समाज सेवा की पढ़ाई करने वाले ग्रेजुएशन के बच्चों का असल समाज सेवा के साथ-साथ अध्यात्म और योग से परिचय करवाया जाता। ग्रुप्स में आने वाले बच्चे दो हफ़्ते निर्वाण में रहकर साधक की दिनचर्या का पालन करते। न सिर्फ़ साधना और योग बल्कि उनका खाना-पीना भी सात्विक होता। आश्रम में उन्हें हर काम में हाथ बँटाना होता। खाना बनाना, बर्तन धोना, सफ़ाई करना भी इसमें शामिल था। मुम्बई से आये हुए साधकों का नया ग्रुप भी ये सब कर रहा था। पिछले एक हफ़्ते से रोज़ वे आसपास के क्षेत्र में सड़कों पर रहने वाले वृद्धों और सन्तों के जीवन पर काम कर रहे थे। कितने लोग ऐसे थे जो उसकी माँ की तरह अपनी सुधबुध खो चुके थे और सड़कों पर बिना आश्रय के घूमते। ये बच्चे उन्हें एफिलिएटेड वृद्ध आश्रमों में पहुँचाते। सन्तों और बाक़ी वृद्धों के जीवन की समस्याएँ समझते, उनके स्वस्थ सम्बन्धी पहलू पर काम करते। अस्पतालों तक उन्हें पहुँचाते या उनके लिए चिकित्सा शिविरों की व्यवस्था करते। स्वाति ने अपने इंडस्ट्री एक्सपीरिएंस का पूरा निचोड़ इस मॉड्यूल में डाला था। इन बच्चों को दो हफ़्ते यहाँ और रहना है। आते-जाते वो इन बच्चों को देखती है लेकिन आज पहली बार मिलना हुआ। य़हाँ पर सब उसे दीदी कहते हैं। निर्वाण में किसी को उसके नाम से नहीं बुलाया जाता। उन्हें माँ, दीदी, भाई जी, आचार्य, योगी, साधक या सीकर आदि ही कहा जाता। इससे उनके बीच कोई भेदभाव नहीं रहता। किसी के नाम का रौब, धर्म या जाति आदि भी अध्यात्म

के रास्ते में नहीं आते।

नये साधकों के साथ स्वाति का सेशन बहुत अच्छा रहा। हर बैच में कुछ बच्चे कमाल के आते हैं। वो जानती है ये कुछ बच्चे ही हैं जो भविष्य में समाज सेवा को अपना करियर, अपना ध्येय बनायेंगे। वो हर बैच का फीडबैक हर्ष के साथ बाँटती। हर साल आने वाले बच्चों में कोई एक आध उसे अपने जैसा मिल जाता। इस साल भी एक साधक ने उसका मन मोह लिया।

शाम को हर्ष और स्वाति गंगा के किनारे टहलने निकले तो एक साधक घाट पर मोतीचूर के लड्डू बाँट रहा था। उसे देखकर स्वाति ने कहा, "हर्ष, देखो ये वही साधक है जिसके बारे में मैं तुम्हे बता रही थी।"

"अच्छा। यही है जो शर्मा जी की बिटिया को अपनी परछाईं सा लग रहा है।"

"नहीं यार। ऐसा लगा जैसे पापा की परछाईं हो। बात करने का ढंग। इतनी सौम्यता। इतनी कम उम्र में इतनी समझदारी।" स्वाति उससे बहुत प्रभावित थी।

"कहाँ पढ़ रहा है?" हर्ष ने पूछा।

"शायद मुम्बई में, कहता है सोशल वर्क पढ़ेगा लेकिन आईएएस बनेगा।" स्वाति ने बताया।

तब तक वो साधक लड्डू बाँटता हुआ उनके पास आ गया और डिब्बा उनके सामने कर दिया।

"थैंक यू बेटा, पर हम सूर्यास्त के बाद कुछ नहीं खाते।" हर्ष ने दोनों की तरफ़ से जवाब दिया।

"मीठा भी नहीं?" साधक ने हैरानी से पूछा, "अच्छा, आज खा लीजिए। मेरे घर से आयी जन्मदिन की मिठाई है।" उसने फिर से डिब्बा स्वाति के सामने कर दिया।

"अरे, तुम्हारा जन्मदिन है क्या? बहुत बधाई।" स्वाति ने उस साधक के सर पर हाथ रखकर आशीर्वाद दिया और शिष्टाचारवश एक लड्डू भी उठा लिया।

"नहीं मेरा नहीं, मेरी बुआ का जन्मदिन है।" साधक ने झुककर उसके पैर छू लिए।

"अच्छा तो उन्हें भी हमारी तरफ़ से शुभकामनाएँ देना।" हर्ष ने भी अब लड्डू उठा लिया। स्वाति जानती थी कि वो खायेगा नहीं लेकिन बच्चे का दिल रखने के लिए उसने लड्डू उठा लिया है।

"ठीक है तो अभी आपकी तरफ़ से विश कर देता हूँ।" हर्ष से कहकर वो स्वाति की तरफ़ पलटा, "हैप्पी बर्थडे, बुई!"

उसकी निश्छल मुस्कान और भरी हुई आँखें देखकर, स्वाति ठिठक गयी, "ये चीकू है। ये सही में मेरे पापा की परछाईं है। ये चीकू है।" हर्ष से चीकू की पहचान कराती स्वाति हँस रही थी, लेकिन उसके आँसू बह रहे थे, गला भरा था। आवाज़ भर्रा रही थी। इतने सारे भाव एक साथ मन में उमड़ रहे थे जैसे पहले दिन चीकू को अस्पताल की नर्सरी में देखकर उमड़े थे। उसके आगे उसने जो भी नहीं बोला सब हर्ष को सुनाई दे रहा था। उसने चीकू को गले से लगा लिया। उसका छोटा-सा चीकू इतना बड़ा हो गया। और इतने साल बाद उसके पास आया है। वो उसे भूला नहीं था। उसे बुई याद है, बुई का जन्मदिन भी याद है।

इतने सालों बाद मिले बुआ-भतीजे ने घण्टों बातें कीं। चीकू बचपन के क़िस्से सुनाता रहा। तब के क़िस्से जब वो अपनी बुई के साथ रहता था। वो जानती थी जिस उम्र में उसने चीकू को छोड़ा था तब से बहुत कुछ उसे भूल गया होगा। इन यादों को सँजोना उस बच्चे का अकेले का काम नहीं था। ये पूजा की परवरिश थी जिसने उनके बीच की दूरी को याद न करने का बहाना नहीं बनाया। उसी ने चीकू में उसके दिये हुए संस्कारों को ज़िन्दा रखा था। चीकू ने बताया कि पूजा के लिए बुई ही चीकू की पालनहार उसकी माँ थी। बुई न होती तो आज उसकी माँ का क़रियर न होता। शायद वो भी उसी नर्क में फँसी रहती। बुई के जाने से उन्हें भी हिम्मत मिली। चीकू ने पूजा से उसकी बात करवाई। उसने स्वाति को जन्मदिन की बधाई दी। स्वाति ने उसे चीकू के सुन्दर संस्कारों के लिए बधाई दी। उम्र के बड़े फ़ासले के बाद भी पूजा और स्वाति के बीच ननद-भाभी से बढ़कर मनुष्यता का रिश्ता बना था। वही रिश्ता धीरे-धीरे मित्रता में बदल गया। दोनों एक-दूसरे की पूरक, एक-दूसरे का सहारा बनकर उस घर में साथ रही थीं। महीनों बात न होने पर भी उनके बीच कुछ नहीं बदलता। उनकी एक-दूसरे को बढ़ता देखकर ख़ुशी और तबीयत

को लेकर चिन्ता हमेशा एक सी रही। पूजा, काफ़ी समय तक स्वाति से चीकू के स्कूल तक की बातें बताती थी। मुम्बई जाने के बाद उसने वो भी कम कर दिया था क्योंकि वो चाहती थी कि उसकी दीदी की राह में चीकू प्रेरणा बन के रहे, रुकावट बन के नहीं। स्त्री जब स्त्री से सहयोग करती है तो अद्‌भुत परिणाम आते हैं। पूजा की सफलता, स्वाति की उपलब्धियाँ और चीकू का व्यक्तित्व इस बात का गवाह था।

चीकू से बातें करते उसे समय का भान नहीं रहा। वापस आश्रम लौटते उन्हें काफ़ी देर हो गयी। साधक जतस्य अपने कमरे में चला गया। योगी हर्ष और योगिनी स्वाति भी अपने-अपने कमरे में लौट आये।

"कितने दिनों बाद इतना सुन्दर दिन आया लेकिन रात बहुत हो गयी है। मम्मी होतीं तो चीकू से मिलकर कितना ख़ुश हो जातीं।"

रोज़ चीकू से मिलना और शाम को गंगा किनारे टहलते हुए उससे ढेरों बातें करना स्वाति को प्यारा लग रहा था। उसे शाम का इन्तज़ार रहता। कभी वो उसके साथ गंगा आरती में जाती तो कभी बीटल्स में बैठकर पिता के सुनहरे समय की क़िस्से सुनाती। चीकू भी अपने हॉस्टल के क़िस्से सुनाता। अच्छी बात ये थी कि पूजा ने जिस बुई को उसकी यादों में ज़िन्दा रखा था वो एक सशक्त और स्वावलम्बी स्वाति थी। उसकी दुर्दशा के क़िस्से उसने सहज मिट जाने दिये। इसी से चीकू उसे 'शर्मा जी की बेटी' के रूप में जानता था। उसे स्वाति की सभी उपलब्धियाँ ज़बानी याद थीं। उसे याद था कि उसकी 'बुई' ने उसे 'दादू जैसे आईएएस अफ़सर' बनने के लिए कहा था।

स्वाति को लग रहा था चीकू से मिलने के बाद के पन्द्रह दिन पलों में बीत गये। उसके वापस जाने का समय आ गया था।

"बुई, मैं जब आईएएस बन जाऊँगा तब आप मेरे साथ अपने घर चलोगे?"

"कहाँ? नोएडा?"

"हाँ, आपका और दादू का घर।"

"चीकू, बुई तो अपने घर में ही है। तू है अपनी बुई का घर। मैं यहीं ठीक हूँ। जब जी चाहे यहाँ आना, और बुई के साथ रहना। मैं भी आया करूँगी तेरे पास। अपनी पोस्टिंग्स पर ले चला करना जैसे दादू और मैं साथ जाते थे।"

"वादा। ऐसा ही होगा बुई।" पैर छूने को वो झुका तो स्वाति ने उसे अपने कलेजे से लगा लिया। आज शायद शर्मा जी की आत्मा को भी मोक्ष मिल गया होगा।

❑❑